ダッシュエックス文庫

クロニクル・レギオン4
英雄集結

丈月 城

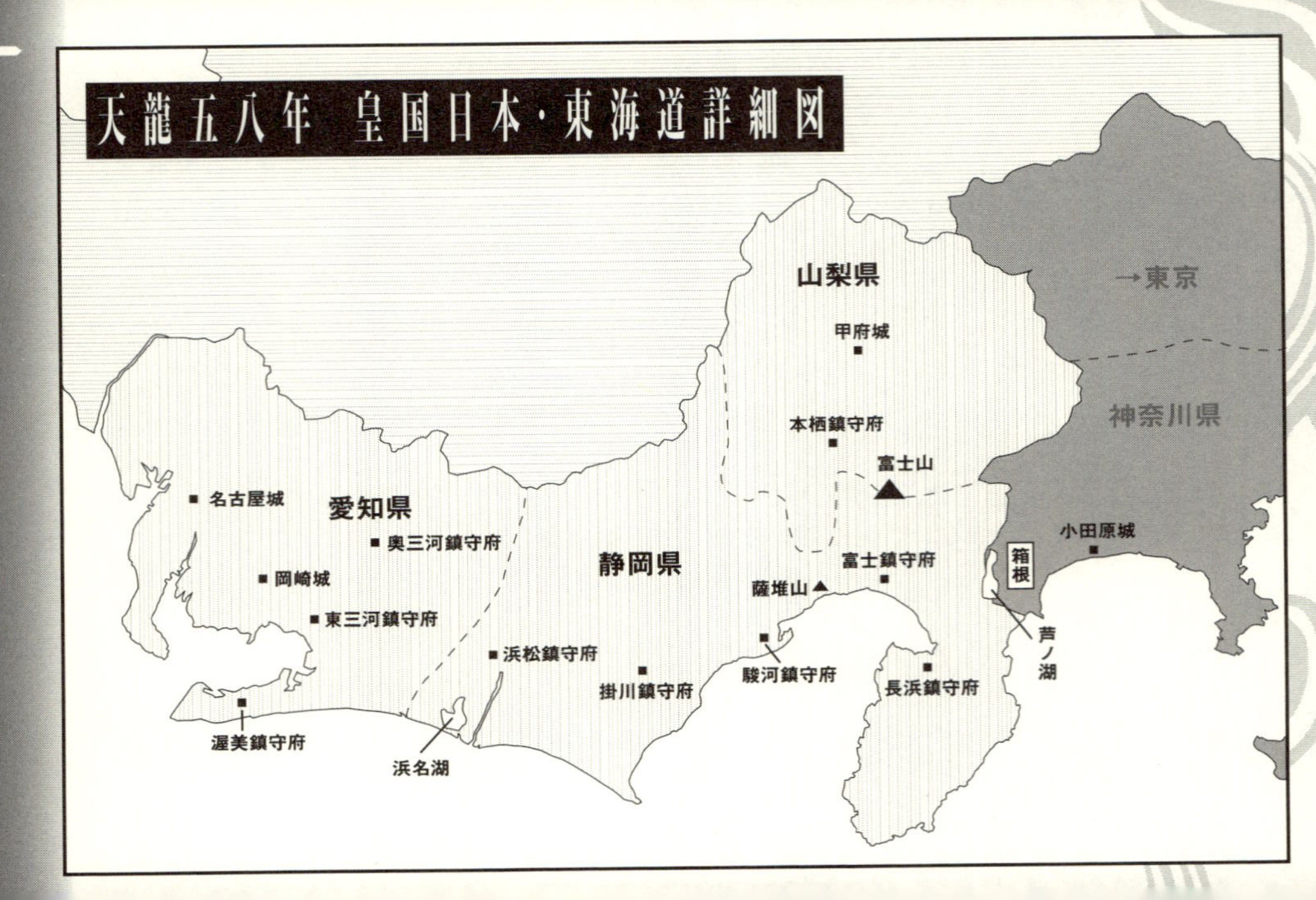
天龍五八年 皇国日本・東海道詳細図
山梨県
甲府城
本栖鎮守府
富士山
→東京
神奈川県
小田原城
箱根
芦ノ湖
名古屋城
愛知県
奥三河鎮守府
岡崎城
東三河鎮守府
渥美鎮守府
浜名湖
静岡県
浜松鎮守府
掛川鎮守府
薩埵山
富士鎮守府
駿河鎮守府
長浜鎮守府

富士山
富士宮市
富士鎮守府
富士市
沼津市
駿河市
駿河鎮守府
長浜鎮守府
〈箱根の関〉
小田原城
芦ノ湖
天龍五八年　駿河～箱根

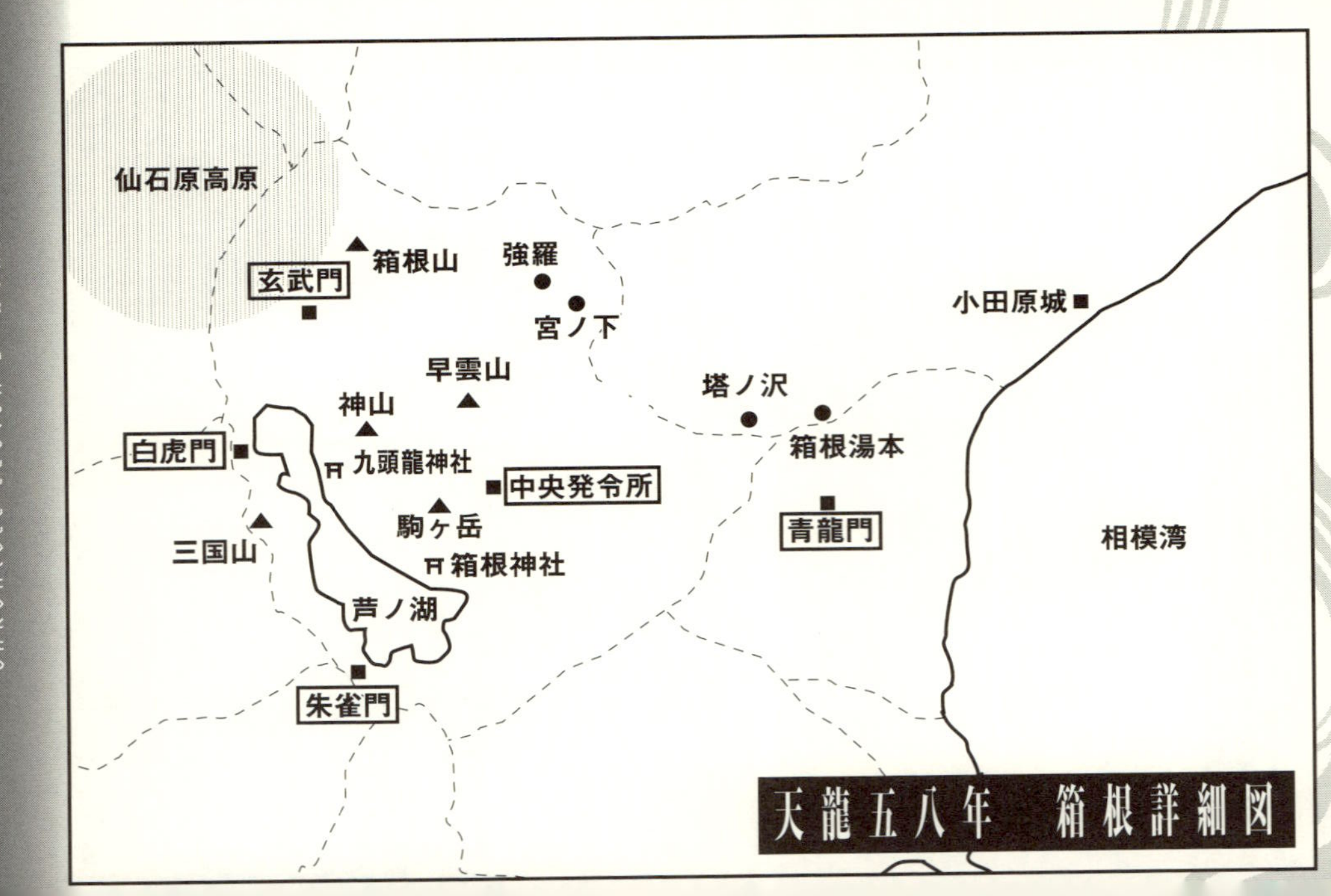
天龍五八年 箱根詳細図
仙石原高原
箱根山
玄武門
強羅
宮ノ下
小田原城
早雲山
神山
塔ノ沢
箱根湯本
白虎門
九頭龍神社
中央発令所
駒ヶ岳
青龍門
相模湾
三国山
箱根神社
芦ノ湖
朱雀門

1

「さあヤン少佐。私のささやかな東京探検だが」

昨日、来日したばかりの男は意気揚々と言った。

日本人ではない。顔の彫りは深く、髪の色は明るい灰色。ただし、その生え際はだいぶ後退気味で、額もだいぶ広かった。

皇都東京でも特別にぎやかな新宿駅近くの、人混みにまぎれている。

もう一一月も末。本格的に冬がはじまりつつある。

「次はいよいよ待望の地、書店に行くとしよう。案内を頼む」

「ま、いいですけどね。でも、どうせだったらアポ取っていきません？　向こうの会社の広報あたりがよろこんで——かは知りませんけど、懇切丁寧に案内してくれますよ。オレも元帥閣下のお守りをしなくて済みます」

東方ローマ帝国軍、東日本駐留部隊所属の参謀アレクシス・ヤン。

駿河市から帰還して、今は東京での任務に従事している。

現在、彼が世話する要人の名はガイウス・ユリウス・カエサル。帝国の建国者にして、東アジア管区軍の総司令官である。

「おいおい。私はこれでも東洋随一の要人のはずだぞ。事前にカエサルの来訪を伝えて、暗殺者が待ちかまえていたらどうする？」

皇帝の語源となった男は遺憾そうに、しかし微量の茶目っ気と共に言う。

「いくら私でも〝暗殺で最期を迎える〟なんて悲劇、二度も繰りかえすのは御免こうむりたいのだがね」

「『ブルータス、おまえもか』のときは元老院が舞台でしたっけ？」

自らの死に際を冗談のタネにする覇者の隣で、ヤン参謀は肩をすくめる。

「そんな立場の方が軽々しく〝おしのび〟するのも、どうかと思いますけどね。それにその辺を言うなら」

最上級の上官へ批判的な視線を向けながらの言葉だった。

いかなるときも古代ローマの衣装をまとうカエサルだが、今日はちがう。

黒のピーコートに濃い灰色のツイードパンツ、襟元からはここだけあざやかな赤いマフラーの結び目をのぞかせている。洒落者の不良中年という雰囲気で、きちんと現代的な風体にまとめあげていた。

ただひとりの連れである参謀の方は、カジュアルなジャケットにパンツを合わせた適当ともいえるコーディネートだった。

「もうちょっと目立たないよう、いっそ変装とかしてもよかったんじゃないスか。日本人ばっかりの店じゃ、悪目立ちしますよ」

「かつらをかぶり、猫背になって人目を避けろと？　とんでもないことだ！」

素顔を隠すために、カエサルはサングラスをかけていた。

だが、黒いレンズ越しでも端整な顔立ちだとわかる。背はさほど高くないものの均整の取れた肉体で、姿勢もスタイルもいい白人。

なにより、全身から独特の存在感がまき散らされていて――

サングラスが逆に、目立つ理由になっていた。

海外から来た芸能人よろしく、かえって人目を集めてしまっている。当のカエサル本人もそれを平然と受けとめ、まったく悪びれない。

……古代ローマの頃から名うての洒落者だったという。

多額の衣服代を借金でまかなっていた英雄はおおげさに天を仰いだ。

「ここが敵地なら、君の忠告にもいくらかの理はある。が、私は皇国日本の保護者であり、ここ東京は日本の中心地だ。威厳をそこなうような真似はできない」

「はあ」

「それに目立つというのは気分のいいものだぞ?」

「むしろ、そっちが本音ですか」

帝国の大元帥と若き参謀は雑踏のなかをしばらく歩き、新宿駅近くの大型書店までやってきた。その間、もちろん衆目を大いに集めた。

まあ、ユリウス・カエサルほどの騎士侯は念にも敏感だ。

殺気を感じれば、すぐさまレギオンも部隊単位で召喚できる。たとえ一〇〇人の刺客に襲われようとも、身に危険がおよぶ不安はほとんどない。東京の街中はいきなりの巨人兵団出現で大混乱に陥るだろうが……。

強者の余裕で以て、カエサルは大型書店の一階売り場に入っていく。

入り口の近くにある平台を眺めて、にんまりと笑った。

「期待どおりだ。やはりあったか、我が分身たちよ」

「そりゃあ、維新同盟と決着をつけるためにカエサル公が来日中ですからね。日本中の本屋が閣下の著書を大量に仕入れて、平台にならべてますよ」

「まさに売り時というわけだな」

「版元は今頃、大量重版かけてるんじゃないスかね」

政治家であり、武将でもあり、そして文筆家でもある。

カエサルの著書として高名な『ガリア戦記』『内乱記』のハードカバー版が数百冊単位で積み重なり、本の山を築いていた。これは数年前に出版されたもので、どちらも表紙にカエサル本人の写真を使用している。

しかも、カエサルの著書は二種類だけではない。

「ガリア戦記とかはともかく、『カエサル愛の書簡集』なんかは出版しなくてもよかったんじゃありません？　たしか古代のローマ帝国じゃ皇帝の身内にふさわしくないって、この手の書き物は廃棄されたんでしょう？」

「なに。これも私にとっては貴重な分身なのでね」

参謀の意見に、古代ローマの国父はウインクで応える。

かつて、いにしえの世で愛人たちに書きおくった恋文の数々をここ現代で思いかえし、ふたたび書き綴ったという書簡集。ほかにも戯曲や演説草稿集など、著者名にガイウス・ユリウス・カエサルと付く本の数々が平積みされていた。

それらを満足げに眺めたあと、カエサルはあらためて店内をまわりはじめる。

そして、雑誌のコーナーで足を止めた。

「ほう」

先日の箱根奪還を大きくとりあげた雑誌が多い。

男性向け週刊誌。俗な芸能記事を中心とする女性向け週刊誌。日本国内外の社会情勢をあつかう情報誌などなど——。

カエサルはそれらを手に取り、内容をぱらぱらと立ち読みする。

表紙や誌面に、彼の知己たちの写真が何枚も載っていた。

皇国日本の不遇なる皇女・藤宮志緒理。東海道将家の新総督・秋ヶ瀬立夏。同じ誌面を飾るアイドルや女優たちも霞むほどの美貌と華やかさであった。

さらに、東方ローマ側の復活者たる衛青将軍。

そして——橘　征継。

箱根の関を不当に占拠していた維新同盟の大軍に勝利した功労者である。

特に〝橘征継〟のあつかいが大きい。若くして皇女の騎士となり、土方歳三の銘刀《和泉守兼定》を継承した俊英なのだ。エドワード黒王子をも退けた才覚と騎力に注目して、『あるいは土方公の再来では』ないかと——

暗に、復活者であろうと予想する記事まであった。

「東京都内でも人気者のようだな」

「無理もありません。皇女殿下も新総督もアイドル性ばっちりのルックスですし、男ふたりの方も見栄えのいい方たちです」

カエサルが広げた雑誌に、奪還直後の箱根を取材した記事がある。

そこに橘征継の全身が写った写真も載っていた。

学生服にも見える黒い制服の上に、浅葱色の陣羽織をまとっていた。鞘ごと手に持つ刀は和泉守兼定。なかなかにフォトジェニックだ。

箱根奪還の戦いは先週末——四、五日ほど前の出来事。

その翌日から、メディアはこぞって箱根の取材を繰りかえしている。

「特に橘どのは人気です。大英帝国の獅子心王と黒王子を立てつづけに撃破しちまった男ですからね。しかも、中身はどうだか知りませんが、とにかく見た目が若い」

橘征継の写真を指さしながら、ヤン参謀は言う。

「主の皇女殿下とセットで、にわかに人気上昇中ですよ」

「今まで日本が負け続けだった分、まあ、そうなるのも無理はないな。しかし——ひとつ気になることがある」

カエサルは眉(まゆ)をひそめた。女性向け週刊誌をめくっていたのだが、途中で指を止め、箱根の特集ページに掲載された写真を食い入るように見つめる。

衛青将軍と橘征継のツーショットだった。

野外にいるらしい。何かの視察中なのか、遠くへ視線を向けていた橘征継のすぐそばに衛青将軍が来て、耳打ちしている。

……たまたま、そういうタイミングだったのだろう。

橘・衛青の両将軍とも妙に愁(うれ)いをふくんだ表情に見えた。わずかに目配せを交わす目つきも糸が絡(から)み合うようで、どこか悩ましい。ひそひそ話をできるほど密着しているので、顔と顔の距離もおそろしく近い……。

男ふたりだけの写真のくせに不思議となまめかしく、耽美(たんび)な雰囲気さえあった。

カエサルは憮然(ぶぜん)としてつぶやく。

「この雑誌、明らかに私よりも彼らの方があつかいも大きく、写真も多い」

「仕方ないですよ。おばちゃんたちが愛読するゴシップ誌ですから。そりゃあ若いイケメン男子をセットで載せたくなるでしょう」

「ほう……」

「この人たちのルックスなら一〇代・二〇代の女性層にも訴求力(そきゅうりょく)高いですしね。カメラ映(ば)えって点では『ちょいワル親父』枠がせいぜいの閣下じゃ勝負になりません」

「ふたりはまだ箱根にいるのだったな?」

「ええ。戦後の処理もありますしね。この人気、当分続くんじゃないですかね？」

「むう……」

「これ以上の人気が出る前に、いっそ二将軍ともよそに飛ばすって手もありますよ。英雄カエサル、男の嫉妬でとち狂うなんてゴシップ記事になりそうですけど」

「むむむ」

不機嫌に雑誌をにらむ元帥閣下へ、ヤン参謀はのんきに言う。

箱根を巡る諸事情、大きく変動しつつあったのだ。

2

一一月二七日、木曜日。

エドワード王子に勝利したのは先週末のこと。あの日からずっと、橘征継は箱根の関にとどまりつづけていた。

東海道州軍・箱根駐留部隊。この一軍をたばねる司令官として。

そして、今日も職務を遂行中だった。

「は、はじめまして、橘さま。秋ケ瀬象山の次男、春吾と申します」

「姉上から話は聞いている。騎士侯候補の従士として、このたび箱根の関に配属された……ということでいいんだな？」

「はいっ。つい先日、ぼく――いえ、私も《銘》の継承がかないまして」

騎士らしい物言いに慣れていないのだろう。

あわてて言いなおすあたりが初々しい。征継が司令官用の執務室で向き合う相手は、弱冠一三歳の若武者である。

姉・立夏に似た面差しの、紅顔の美少年だった。

真新しい将校用の軍服を身につけている。武門の名族・秋ヶ瀬家の子息として騎士侯たらんと志し、その道を歩み出したばかりだという。

そんな次男坊をまず、最前線の箱根に送りこむ。

さすが〝武家の末裔〟秋ヶ瀬家の父娘というべき教育方針であった。

ちなみに、今年一五歳の長男坊はまず学生として勉学に励み、将来は文官として姉を支えるつもりだと聞いた。

「騎力二〇を切る新人騎士侯は――十分な経験と騎力を持つ古兵に従士として仕え、鍛えてもらう。それが東海道州軍の習わしだそうだな。おまえを特別厳しい騎士侯に付けてくれと姉上から頼まれている。さて、誰がいいか……」

つぶやく征継の前で、秋ヶ瀬家の次男はごくりと息を呑む。

彼と〝箱根奪還の立役者〟の間には、重厚な執務用のデスクと、三メートルほどの距離が横たわっている。

そして、征継に向けるまなざしには憧憬と尊敬の念があふれていた。

土方歳三の再来かもしれない男に、素直にあこがれているのだ。あまりすれていない、純朴な性格らしい。ならばいっそ。

「俺の下には初音がいる……が、もうひとり増やすのもありか」

「——!?」

秋ヶ瀬少年が背筋をただし、期待の色が瞳に現れる。

彼の騎力はまだ二〇にも満たない。はじめから騎力七二という破格の数字を示した初音とちがい、今のところ逸材とは言いがたい。

……しかし手元に置いておけば、緊急時の霊液補充を手伝ってもらえるのでは——。

『橘征継はふつうのやりかたで霊液を補給できない』

最高クラスの機密事項である。だが、この少年は秋ヶ瀬家の身内で、性格も素直そうだ。いざというときの保険として、確保しておけば……。

そんな出来心を征継が起こしたとき、

「征継さま。今のあなたは箱根の臨時城代であるうえに、立夏さまの要請があれば即座に日本のどこへでも出陣しなくてはなりません。気まぐれに春吾さまをおあずかりしても、十分にお世話をすることはきっとかなわないでしょう」

唯一の女主君より、やんわりとさとされた。

皇女志緒理。箱根の関を守護する四体の念導神格——《四神》の主でもある。応接用のソファにすわり、面談に立ち合っていたのだ。

皇女の美貌を前にして、秋ヶ瀬家の次男坊は大いに緊張する。

「やはり、しかるべき老練な御方に春吾さまをおあずけすることが立夏さまのご意志にも沿うと思います」

「……なるほど。俺が浅はかだったようです」

「いいえ。わたくしの方こそ出すぎたことを申し上げました」

優美なるプラチナブロンドの姫君は、しとやかに頭を下げてくれた。

ただし、征継は見逃さなかった。品行方正であるべきプリンセスの瞳がまるで不埒な復活者を責めるように鋭かった事実を……。

少年が退室したあと、征継はすぐに女主人へ言った。

「姫。べつに従士のひとりくらい問題にはならないかと……」

「い、いけませんっ。いくら立夏さまの血縁でもきちんと秘密を守れる人物かはすぐにわかりませんし。それに、あんな年端もいかない男の子まで征継さまの〝そういうお相手〟とするわけには――！」

「そういうとは、どういう？」

「つ、つまり肌を重ねて、征継さまの体をあたためて――って、なんてことをわたくしに言わせるのですか！」

優美なだけでなく、聡明さと霊能力でも日本随一の美少女である。

しかも猫かぶりの達人。だが、そんな皇女殿下も橘征継の前では周章狼狽し、歳若い女の子らしく取り乱す姿も見せてくれる。

現在、この志緒理こそが『箱根の守護女神』と呼ぶべき存在なのだった。

難攻不落の要害・箱根の関は四つの鎮守府で構成される。

東の第一鎮守府『青龍門』、南の第二鎮守府『朱雀門』、西の第三鎮守府『白虎門』、北の第四鎮守府『玄武門』という内訳だ。

この地の〝ひとりめの臨時城代〟として、駐留する東海道軍の指揮を執る。

現時点では、それが征継の役割だった。芦ノ湖のやや南にある『朱雀門』を臨時の司令部として、執務室などもここに置いていた。

一一月二七日の午後、征継は休憩も兼ねて散歩に出かけた。

連れがひとりいる。初音だった。騎士侯・橘征継の直属部隊たる『新撰組』の一番隊隊長である。まあ、隊士はこの妹分しかいないのだが。

芦ノ湖のほとりには元箱根の街があり、風光明媚な場所だった。

岸辺には箱根神社のシンボルである赤鳥居が立っている。天気さえよければ富士山も見えるうえに、湖面に〝逆さ富士〟まで映るのだ。

散歩にはうってつけの土地を歩きつつ、初音とおしゃべりもする。

「箱根は神奈川の左端――つまり端っことはいえ関東地方の領内でしょう？　そこに初音たち東海道軍が居すわっても……いいのかしら？」

「あまりよくはないな」

妹分に言われて、征継はあっさり答えた。

「関東の領地には関東将家の軍団が常駐し、守護すべきだろう。すくなくともそれが皇国日本の法だ。俺たち東海道はあくまで『日本を守る』という大義のために戦い、東京におわす女皇陛下の代理として維新同盟を駆逐した。そのことを忘れるな」

「義兵とか義挙ってやつね！」

「ああ。今は戦闘の直後。俺たち東海道軍と衛青将軍ひきいるローマ軍が仕方なく箱根をあずかっている。だが、それも関東州軍がもどってくるまでだ」

「衛青さん、〝ふたりめの臨時城代〟だものね」

「臨時の措置とはいえ、俺ひとりで箱根をあずかるのも角が立つ。『エドワード王子を追い出した駄賃として、東海道将家がそのまま箱根を横取りした』などと言われかねん」

「そうよね。うちの姫様も立夏さまもいずれ日本を背負って立つ方だし」

初音は握りこぶしを作って、強くうなずいた。

ちなみに、正式な騎士侯＝軍人になった今でも『和服＋袴＋ブーツ』のはいからさんスタイルである。まあ、征継の方もふつうに学ランを愛用中だが。

「変な評判が立つの、よくないものね！」

「俺たちも姫の直臣として、振るまいに気をつけるべきだろう」

「はあい」

やや大きな声でおしゃべりしながら、ふたりは湖畔を歩いている。

その間、通行人や周辺にある店の人間などによく視線を向けられた。〝箱根の功労者〟橘征継の顔はメディアでもさかんに報道され、局地的な有名人なのだ。

初音も目立つ容姿である。〝橘家の妹〟として認知されはじめている。

決して人口の多くない箱根で衆目を集めるのは必然だった。しかも、おおむね好意的な視線ばかりだ。気やすく声をかけられないのは『騎士侯であり皇女殿下の直臣』の身分を尊重されているからだろう。

そして、今の会話はまわりの人々の耳にもなんとなく入っていく……。

適当なところで、ふたりは売店に入った。

おみやげや軽食などをあつかっている店だった。

カウンターで冷たい飲み物――初音はオレンジジュース、征継はミネラルウォーターを購入して、窓辺の席で一休みしようというとき、店員に声をかけられた。

「あの……サインとかおねがいしても、大丈夫ですか？」

若い女性の店員だった。おずおずと微笑みかけている。

ひなびた観光地では、過疎のせいで観光客以外の若者を見ることはあまりない。だが、さすがに箱根は人気の温泉地だった。

アルバイトとおぼしき若いスタッフがあちこちの店にいる。

なかなか可愛い感じの女性店員にサインをせがまれて、初音が目を輝かせた。その気になりかけたのだろう。

しかし、征継はそれを目配せで制して、簡潔に言った。

「悪いが芸能人の真似はしないことにしている」

「そ、そうでしたか……」

「だから、こっちでかまわないか？」

さっと手を差し出す。女性店員は「ありがとうございます！」と笑顔になり、征継の右手を両手でつつみこみ、握手に応じてくれた。

……征継個人としては、わざわざサインや握手などしなくてもと思う。すげなく断ってもいいだろうとも。しかし、住民の人心掌握に留意せよとの〝主命〟があった。さすがにサインは騎士侯としての威名に傷も付くが、握手程度なら何の問題もないと注釈付きの……。

そんな事情も知らずに征継と握手をしたあと、女性店員はふと言った。

「あのう。昨日ニュースで見たんですけど」

小声だった。売店の客はちょうど橘兄妹のほかになし。おおっぴらには口にできないことを言い出す雰囲気であった。

「伊豆の方には維新同盟に味方している——英国の騎士さまがいるんですよね？」

「そうだな。あちらはまだ同盟側の制圧下にある。そのうえエドワード王子とリチャード一世が待機している」

「それって箱根を取りかえすためですよね？　で、でも」

箱根の関を失った維新同盟は『エドワード王子&リチャード一世』という二枚看板を伊豆の長浜鎮守府に配していた。

関東将家と東海道将家を牽制するためである。

西日本よりも東日本——カエサル、衛青将軍、そして橘征継の三名が集った地にこそ精鋭を置くべしと判断したのだろう。

「橘さまたちがお帰りになられたら、どなたが箱根を守ってくださるのでしょう……？」

「もちろん関東将家の騎士侯だ。それが筋だからな」

「でも……あ、あの方たちじゃすこし——というより、かなり頼りないような気も正直しませんか？　それにうわさだと」

女性店員はさらに声を低めた。しかも早口になっていた。

「この間、箱根を守るために出てきた東西南北の神様たち——皇女殿下でいらっしゃる志緒理さまのご命令しか受け付けてくれないって聞いたんですけど……」

だいぶ不安なようだ。すかさず初音が声をかける。

「そこまで厳しくはないの。ほら。今だってローマ軍の人たちが『青龍門』を間借りさせてもらっているわけだし。あれはうちの姫様のご厚意なのよ」

「志緒理さまの——!?」

「まあ、姫様がへそを曲げたら、誰も《四神》の力を借りられなくなるそうだけど。騎士侯の人が水霊殿(すいれいでん)に入っても補給できなくなるし……」

「そんな……」

初音が語った内情に、相手は明らかに落胆していた。

そして、ひそかに東海道の兄妹ふたりは目配せを交わした。箱根の現状と『真のキーパーソンは誰か』という情報、順調に周知されつつあるようだと……。

そのあたりを一般人の耳にも自然な形で入れるため、工作員たちが暗躍中なのだ。

裏で手を引いているのは、東海道州軍の情報部であった。

3

「昨日あたりから、ああいうふうに訊(き)かれることが増えたわよね」

「姫の仕掛けた計画がちゃんと進行している証拠だな」

初音(はつね)の感想に、征継(まさつぐ)は淡々とうなずく。

売店を出たあと、ふたたび芦ノ湖(あしのこ)のほとりを歩いていた。

「面倒な言いつけも多いけど、『エドワード王子を追い出したお駄賃として、東海道が箱根(はこね)を横取りしちゃう』作戦のためだものね。がんばらなくっちゃ」

「なに。戦国の世なら、どこの国でもやることだ」

ひそひそ。今度は大声ではできない話。ふたりとも十分に声を低めている。

「火事場泥棒みたいに、どさくさにまぎれて領土をかすめ取るのよね」

「こんな仕掛けができるのも姫のおかげだ。祖父君である天龍公の名代として、《四神》を完全に支配してくださったからな」

「こっそり新任の騎士侯も……立夏さまの弟君とか増やしているしね」

箱根の四鎮守府と四神を制するのは至難の業──。

それゆえ長きにわたり、真価が発揮されることはなかった。

だが、皇家の姫君が幾ばくかの寿命を削ることでついに真の主となり、絶対的支配者として君臨する次第となった。

現在、藤宮志緒理の承認なくして、箱根の関は真価を発揮できない。

これはカエサルおよび関東将家に対して、絶大なアドバンテージになるはずだった。

もちろん軍事力を誇示して箱根に居すわり、この地を実効支配するという選択肢もある。しかし、それでは共闘中のローマ軍団──衛青将軍と必ず揉める。

『だから、建前は大切なのです』

皇女志緒理の弁であった。

箱根を牛耳るため、東海道将家は根まわしをはじめている。

エドワード王子に対する橘征継の勝利を大いに喧伝し、『美貌と霊能力ではならぶ者のない皇女殿下』こそが箱根に君臨するにふさわしい貴人だと広報活動もおこたらず、地元有力者の懐柔も着実に進行中だ。

全てはここを足がかりにして、天下取りという目標へ近づくために——。

「ところでお兄さま、これからどうするつもり？」

不意に初音が訊ねてきた。

「午後の予定、空けてあるみたいだけど」

「今日はもう城代の仕事は店じまいだ。ほかにやることがある。学園祭まであと四日……もうあまり時間がないからな」

「もしかしてあれ？　学園祭のミスコンテスト？」

「ああ。これから当日の進行表を作って、うちの高校まで運ばせる。本当なら当日まで休暇でも取って、駿河に帰りたいところだ」

学園祭は一二月一日より開催。ミスコンは二日目の予定である。

「俺はミスコン担当の学園祭実行委員だからな。委員会の打ち合わせ、ステージ設営、リハーサル……やることはいくらでもある」

「こ、こっちには臨時城代の任務があるわよ、お兄さま！」

「ああ。だから休暇はあきらめた。できる範囲でミスコンに協力しようと思う」

「初音もそれがいいと思うわ」

「それでだ。前にも言ったが、おまえもミスコンに出場してみないか？　今からでも特別枠で参加可能だぞ。関係者には俺の権限で認めさせる」

「み、水着審査とかもあるっていうじゃない！　イヤったらイヤよ！」

そんな話をしているときだった。

――りん。鈴を鳴らすような音がひびく。

小型随獣の管狐が転移してきたのだ。手のひらサイズの狐というべき小動物はたたっと征継の足と体を駆けのぼり、肩までやってくる。

『征継どの。今夜、直通回線にて連絡求む』

管狐が虚空に投影したウインドウ。そこに記された伝令のメッセージは、秋ヶ瀬立夏の名義であった。

第二鎮守府『朱雀門』にある、征継のための執務室。

今日の午前中、秋ヶ瀬家の次男坊と面談した部屋だった。そして夜の二〇時頃、ひととおりミスコン関連のデスクワークを終えて、征継は電話機に手をのばした。

手順どおりに操作し、直通回線でのコールを開始。

相手は東海道将家の新総督、秋ヶ瀬立夏――。

州都・名古屋が陥落したあと、静岡県駿河市に臨時州政府が置かれた。東海道のトップである総督のデスクと主要な軍事拠点を結ぶための直通回線だった。

ふつうの電話回線とはちがう。

機械的および神秘的手段による盗聴への対策を入念に施してある。

ここで会話された内容が外部に洩れる可能性はゼロに近い。だからこそ、立夏はこれを通信手段として指定したのである。

わずか三回のコールで相手は出てくれた。今か今かと待ち受けていたのかもしれない。

『お、おひさしぶりです、征継どの』

「最後に会ってから、まだ一週間も経っていない。ひさしぶりというほどでは――」

『私にとってはひさしぶりなのです！』

剛胆なはずの秋ヶ瀬立夏が、珍しく狼狽しながら反論する。

彼女は箱根攻略にも貢献してくれた。だが戦闘の翌日、あわただしく駿河へ帰っていった。

東海道新総督としての職務を果たすためである。

前総督の父が手伝っているとはいえ、彼女自身も多忙をきわめる身のはずだ。

『しかも、征継どのと来たら』

「俺がどうかしたか？」

『……今日まで何の連絡もしてこなかったじゃありませんか』

「そんなことはないだろう。君からの『弟を頼む』という伝令に『承知した』と返事を送ったはずだ」

『返事といっても、その一言だけです』

その訴えは、ほんのすこし拗ねたような口ぶりだった。

箱根攻防戦のさなか、征継は不作法にも彼女の唇を奪うという暴挙に出た。

しかし、秋ヶ瀬立夏はそれを受け入れてくれた。あれから一週間。政務と軍務と雑務に明け暮れているはずの新総督を邪魔しないよう、あえて私信の類は何も送らなかったのだが。

そろそろ余裕が出てきたのかもしれない。

征継は唇の端を曲げて、かすかな微笑を浮かべた。そして言う。

「君の方こそ、何の便りもよこさなかった」

『そ、そのとおりですけど、でも、ちゃんと理由があります』

もちろん責めているのではない。ごく冷静に、征継は事実を告げただけだ。対して立夏の方はすこし困ったようにたじろいでいた。

『おいそがしいはずの征継どのを私事で邪魔してはいけないと考えて、あえて個人的な連絡は差しあげなかったのです』

「俺も同じだ」

『…………』

「おたがい、面倒な仕事が山積みだったからな」

『……そういう言い方、すこし卑怯にも思います』

「いいじゃないか。君の方も俺の方もすこし余裕ができたのなら、これからは公務以外のやりとりもできる。それをよろこぼう」

征継は淡々と、しかし、心から言った。

「なんなら、すこし無駄話をすることもできるが？」

『そ、そのような公私混同、総督としてはあまり歓迎できません』

「では、電話を切るか。話は次に会ったときにでも――」

『いいえ。君主たる者には清濁併せのむ気概も時には必要です。征継どのも臨時城代という地位を得たのですから、その手の悪事に手を染めても文句は出ないでしょう』

ふたりの間でささやかな合意が成立した瞬間だった。

結局、三〇分ほど私的なおしゃべりをして、征継は電話を切った。

今のところは全てが順調――。しかし、それが永遠に続くはずはない。自分たちの敵は百戦錬磨の曲者と英傑ばかりなのだから……。

「現状、志緒理殿下なくして箱根の防衛は成り立たない――」

箱根の地図を見つめて、衛青はひとり思索にふけっていた。

「あの姫君と東海道将家にとってはまだまだ窮境が続くとはいえ、この事実をしっかり利用すれば、次の手をだいぶ打ちやすくなる……」

第一鎮守府『青龍門』内の自室である。重厚なマホガニー製のテーブルに箱根とその近隣の地図を広げ、ふかふかと座り心地のよいソファに腰かけている。高級将校用の個室なので、家具調度類はなかなかに立派なのだ。

ただ、夜もすっかり更けているのに、照明は点けていない。

地図を照らすのは、窓から差しこむ月明かりだった。

現代的な蛍光灯などの光は――紀元前生まれの衛青にはどうにも〝明るすぎる〟ように感じ

られて、すこし苦手なのである。

「それにしても、橘どのたちは手際よく事を運んでいるようだ」

彼らの手並みを賞賛したくなり、衛青は微笑した。

箱根を取りもどした功績、橘征継だけではなく、衛青の貢献もすくなくない。しかし、現地にいると実感できることがある。

一日ごとに、衛青ひきいるローマ軍より東海道勢の人気が高まっている。

東方ローマ帝国は決して皇国日本のよき隣人ではない。それも大きいのだろう。属国ではないものの、日本はかぎりなく従属的なローマの同盟者である。

大国にしっぽを振る者も多いが、その関係をよく思わない者も大勢いる。

だが、それだけにしては——人気の差が少々大きい。

おそらく、陰で両者の印象を操っている者がいる。ローマではなく、東海道の功績と人徳こそを声高に喧伝し、広めている者が。

そのはたらきが東海道軍の評価を底上げしている。

結果、奇妙な流れが生まれつつあった。

「そもそも箱根の関は関東将家の領地。筋を言えば、関東に返すのが道理だというのに」

それを歓迎しない雰囲気が広がりはじめている。

当の箱根で。さらには神奈川、西東京といった——維新同盟の進撃ルート上に位置する地域で。関東将家の武将ごときがこの土地を守れるのかと。

そう考える者、まだ多数派ではないはずだが。

「さて、この先どうなっていくか……」

衛青はいくつかの絵図を頭のなかに描いてみた。

一、箱根をはじめ南関東の民に請われたという体裁をととのえて、東海道将家はそれらの地域を併呑してしまう。悪くはないがすこし時間を要するかもしれない。

二、関東将家がたとえば橘征継を自軍に引き抜き、ローマ駐留軍との連携を強めるなどして防備を強化する。皇女志緒理にも礼を尽くして、皇城に帰参してもらう必要あり。これなら東海道による関東侵食を抑えられるが――

「まあ、これはおそらくない」

衛青は微苦笑した。

橘征継を引き抜けるほど才覚のある交渉人、関東にはおそらくいない。なにより皇城の女たちはあの麗しき姫君を嫌うだけでなく、何の裏付けもなく見くだしている。皇女志緒理に頭を下げるような真似、死が目前に迫るまではできまい。

「そうなると、三つめか」

三、カエサル元帥と東海道が――本格的に同盟する。

箱根防衛をまかせる見返りとして、箱根の実質的な領有権・徴税権などを東海道将家にあたえてしまう。橘征継は〝臨時〟ではなく、正式に城代として就任する。

「これはこれで関東が大きく反発して、それなりに面倒もあるだろうが、カエサル公の一声があればどうにかできることだ」

三つめがいちばんありそうな展開ではあった。

しかし、あることが頭にひっかかる。東海道将家の若者たちが箱根奪取の直後から見せている手際のよさからすると――彼らはさらに巧妙かもしれないと。

今回の『きれいな火事場泥棒』めいたやり口。

やけに洗練されている。この先のスケジュールを見越して、箱根という〝踏み台〟の地ならしを一刻も早く終わらせたいとでもいうように……。

ここまで考えを進めて、衛青は苦笑いした。

「いけないな。この先はわたしなどが考えるべきではないようだ」

遥か昔、漢帝国に大将軍として仕えていた頃。衛青は最高位まで登りつめた軍人であり、しかも皇帝陛下の外戚だった。

政務・軍務について、己の意見をいくらでも述べることができただろう。

己にひれ伏し、追従する者どもを集め、派閥を作ることもたやすかっただろう。国政を意のままにすることさえも。しかし、衛青はそうしなかった。

己の役割はあくまで外敵――それも騎馬民族たる匈奴との戦いのみ。

一武将の範疇を超えるような言動、厳として慎んだ。

今回もそうだ。ここから先は政治家たちとカエサル元帥の領分。この時代の生まれでさえない男が口出しすべきではない。それに何より。

「わたしごときが気づくことだ。カエサル公ならばとっくにお見通しのはず」

気分を変えるため、衛青は箱根の地図から目を離した。

代わりに窓の外を見る。夜空に昇った月の光はいにしえの時代――衛青が漢帝国に仕えていた頃とさすがに変わらない。だからだろうか。

あの頃、親しく交わっていた人々のことをふと思い出した。

友と呼んだ者たち。なつかしき同僚たち。主君。妻。そして、血を分けた親族たち。

もしかしたら。衛青はそっとため息をこぼした。

かつての己がもっとちがう生き方を選んでいれば、もしかしたら……と。

4

皇城――。

皇国日本の女皇が住まう宮殿である。

東京青山に位置する。都心部だが周辺にはたっぷりと常緑樹が植えられ、ちょっとした都会の森という風情だ。その緑のなかに、白煉瓦をふんだんに使った欧風建築の皇城がたたずんでいる。国主の住まいにふさわしい、壮麗なたたずまいだった。

ちなみに。

日本国女皇はあくまで『実権を持たない立憲君主』だ。

皇国日本は十二の地方に分かれており、十二将家が統治している。東京を擁する関東地方も関東将家の領地であった。日本国女皇がそれぞれの地方になんらかの要請を行ったとしても、強制力をともなうものにはならない。

つまるところ、統治者としてはあくまでお飾りなのだが――

そうであっても、女皇の住まう皇城こそがやはり日本の中心であった。

皇国日本に君臨する聖獣・天龍公。彼に嘆願を行い、数々の神秘を日本にもたらせるのはその血筋につらなる女子だけなのである。

それゆえに天龍公の血脈は権威であり、全国民から畏敬の念を捧げられる。

女皇が政治的な権力を持たないのは雑事と俗界とは距離を置き、『天龍の巫女』としての本分のみに集中するため（すくなくとも、それが建前である）。

日本国を治めるという俗事は、あくまで十二将家の職分なのだ。

とりわけ関東将家には十二家の筆頭として主導的立場で振る舞い、女皇の補佐役として十分に心を砕くことも求められてきたのだが。

一〇年前、東方ローマの大元帥が来日したとき、その構図はもろくも崩れ去った。

〝女皇の保護者〟にして〝十二将家のリーダー〟関東将家が――その立場をあっさりとユリウス・カエサルに譲りわたしたのである。

以来、関東の総督および高官たちはカエサル元帥の〝傀儡〟であった。

そして、皇城の夜。

ここで起居する者は、もちろん女皇だけではない。

数百名もの文官・武官に加えて、公私にわたって女皇の手足となる女官たちも城内には数多くひかえている。なかでも高位の女官たちは上流の家柄に生まれ、貴婦人として正統な教育を受けた者ばかりであった。

だからといって、見識と品性がすぐれているわけではないのだが……。

この夜、城内のとある部屋に高級女官が七、八名ほど集まって、このような会話が交わされていた。

「藤宮家の志緒理殿下……本当に困った御方でいらっしゃること」

「こそこそ東京から逃げ出したと思ったら、駿河みたいな片田舎で斎宮を僭称されるだなんて。思い上がりもいいところですわ」

「しかも、今度は箱根にまで足をのばされて……田舎侍たちにかつぎあげられて！」

「みなさま、ご覧になりまして？　橘とか申す騎士侯の記事」

「あら。なかなかよい顔つきですわね」

「このような不埒者が分不相応に武勲をあげるから、藤宮ごときの姫が……！」

全て、己の驕慢さを自覚しない女官たちの発言だった。

彼女たちは現女皇の取りまきであり、親のいない女皇の養育者でもある。〝日本国女皇の保護者〟カエサル元帥が不在のときは彼に代わって、女皇をお守り申し上げ、教え導くべき立場にある。

　そして、女皇が即位してからの一〇年――。

　大国ローマの要人カエサルはおそろしく多忙で、年に四カ月も日本に滞在できればいい方だった。不在期間の長さは〝女皇の保護者代理〟の立場をすこしずつ強め、彼女らの倨傲（きょごう）はいつしか不自然なまでに肥大してしまった。

　女皇に近しい者以外、全てを無意識に見くだす気風まで成立した……。

「でも、うわさの橘とか申す将軍が」

「本当に土方歳三（ひじかたとしぞう）さまでいらっしゃるのなら――」

「口惜（くちお）しいですけど、しばらくは日本のためにはたらかせる方が……」

「何をおっしゃいますか！　我が国には今、カエサル公という唯一無二（ゆいいつむに）の保護者がいらっしゃいます！　こんな有象無象（うぞうむぞう）のひとりやふたり、いなくなったところで……！」

「まあ。掌典長（しょうてんちょう）さまったら、過激でいらっしゃいますこと」

「でも、たしかに志緒理殿下には……ご自重していただく必要がございますわよね。あんな御方が尊い御血筋に現れるだなんて」

「ほら。皇家とはいっても、藤宮のお家は――ねえ？」

「志緒理殿下のお父上ときたら、ふふふふ！」

　言葉遣（づか）いこそ雅（みやび）だが、品位と知性に欠ける女人たちのやりとり。

　そして、このような声など届かないはずの暗闇（くらやみ）のなか、ひとりたたずむ少女がいた。黒いワンピースを身につけている。

皇城の庭を見おろせるバルコニーである。

つややかな黒髪と黒い目、なにより暗いまなざしが月明かりを浴びている。

伏し目がちで陰鬱な雰囲気をのぞけば、ととのった容姿だとは言えた。ただし、彼女にはやや歳上の血縁者がいる。あちらは曾祖父・天龍公とよく似たプラチナブロンドの髪がとにかく人目を惹く——極上の美少女だった。

そのうえ、聡明で人当たりもよく、自分のように陰気でもない。

「……わたくしのまわりには、時流も読めない性根の腐った女たちしかいないのに」

悔しさにまかせて、毒入りの言葉を吐き捨てる。

弱冠一三歳の少女。大人ではないが、幼いというほどでもない。年齢を超越できるほどの才智はないが、愚昧というほどでもない。

皇城の外で何が起きているか、限定的ではあるが見聞きすることもできる。

「志緒理さまのおそばには騎士が——甦られた土方歳三さまがいらっしゃるという。そのうえ、箱根の四神まであの方にくみして……！」

藤宮志緒理と同じく、聖獣・天龍公の血筋に当たる。

皇国日本の現女皇・照姫であった。龍の末裔はさらなる毒を吐き捨てた。

「わたくしがおねがいすれば、曾おじいさまは騎士を遣わしてくださるかしら？　土方歳三なんて裸足で逃げ出すような——カエサル公だってかなわないような復活者を」

闇と呪詛がうずまく悪魔の巣窟さながらに、皇城の夜は更けていく。

英国・ローマ・東海道のいずれからも『たいした脅威にあらず』と見なされていた勢力の中心地でも、変化は起こりつつあったのだ。

5

「ん……征継さま――」

箱根の臨時城代である橘征継には、いくつかの特権がある。

そのひとつが執務室の奥にある小部屋だった。いつでも仮眠できるようにベッドと寝具一式が用意されている。城代たる者、緊急時には二四時間体制で問題の解決に当たらねばならないからという配慮だった。

しかし、今夜はそのベッドをべつの用途で使っていた。

「あ、あの。わたくし、もう、これ以上はその――」

「姫」

「そろそろ、やめていただいても……」

「残念ながら、その命令にはしたがえない」

「あ……あああああああああああっ！」

感きわまった皇女殿下の声を征継はついに聞きとどけた。

尚、志緒理(しおり)は肌もあらわな下着姿で、征継の方も上半身だけ裸という格好だ。霊液(れいえき)のエッセンスとぬくもりを分けてもらう際、衣服は邪魔でしかないのだ。

あられもない姿のまま、志緒理はぐったりと力尽きた。

両目を閉ざして、はぁはぁと息を荒らげて——暫(しばら)くの間、何もできないでいた。

が、不意に正気を取りもどし、なぜか征継をとがめるように見つめて、こんなことをのたまうのである。

「征継さまは——すこしずるいと思います」

「ずるい、とは?」

「こんなふうにご自分は涼しい顔をなさっているのに、わたくしが取り乱しているところをいつもいつも間近で見ていて……」

「では次回、姫の方で俺を取り乱させるというのも——」

「も、問題の趣旨(しゅし)がずれています!　わ、わたくしが訴えたいのは、そういうことではありません——!」

ともあれ、ふたりは睦言(むつごと)を交わし、身体(からだ)を重ねている。

ベッドのなかで征継に身をあずけながら、志緒理はつれづれに語っていく。

「そ、それはそうと征継さま。最近は箱根を攻略する前よりも——霊液を蓄えやすくなっておりますよね?」

「たしかに。すこしだけ記憶がもどったおかげかもしれません」

征継はうなずいた。たしかにそうなのだ。

五日前、箱根を陥落させたとき。かつての盟友の記憶を部分的とはいえ思い出し、彼の武勲を〝借りる〟という破格の能力まで手に入れることができた。

あのときから変化が起きていた。

どれだけ水霊殿で沐浴しようと、霊液をまったく補給できなかった征継の体。

だが、今は——騎力に換算して三〇〇程度分の霊液なら、どうにか蓄積できるようになっていたのだ。

もちろん完全にはまだ程遠い。しかし、大きな進歩であった。

「その後、新たに取りもどした記憶などは？」

「残念ながら何も。きっかけがないと、なかなかもどってこないようです」

「そう——ですか……」

儀式はとっくに終わっている。だが、ふたりはまだ同じベッドの上にいた。

しかも、体をぴったりくっつけたまま。横になった征継の上に、志緒理がおおいかぶさる形になっている。

皇女の肢体はあたたかく、やわらかで、ほどよい重みがむしろ心地よかった。

できれば、しばらくこのままでいたかった。そして、なぜか志緒理の方も同じ想いでいるはずだと——なんとなく確信できた。

事実、彼女はまったく身を起こすそぶりを見せない。

とろんとした目つきで陶然としていて、ひどく幸福そうにも見える。

そんな女主人を間近で見守れることが征継にはうれしい。が、ふと視線が合った。志緒理は恥ずかしげに目を伏せ、身をすくませる。

しかし、尚も征継から体を離そうとはしなかった。

それどころか逆だった。征継の胸元に顔を埋めてしまった。皇女のプラチナブロンドからは湯上がりの——花の匂いが香ってくる。なんともけだるく、自堕落で、そして充足感に満ちたひとときだった。

「こ、こんなふうに無駄な時間を過ごしていては、罰が当たりそうです」

「無駄などとはとんでもない。俺にとってはいちばんの休養だ。よければ、しばらくこのままでいることをお許しいただきたい」

「は、はい……」

胸のなかで気まずそうにする志緒理へ、ささやきかけるだけではない。

彼女の背中に腕をまわし、征継はその肢体もつつみこむようにした。生真面目な野心家である姫君はさらに脱力して、無防備に身をあずけてくれる。

とはいえ、やはり無為に時を過ごすのは性に合わないのだろう。

「わたくしたちの計画がこのまま進めば……近いうちに、必ずカエサル公と対決する日が来ると思います……」

こんなことを寝物語に話しはじめた。もっとも、口調にいつもの切れがない。

皇女殿下は今、身も心も征継にゆだねて、安心しきっているのだ。

「東海道将家は――わたくしたちは助っ人のふりをして、この箱根をかすめ取ろうとしているところです。これがただの泥棒なら、カエサル公は黙認してくださると思います」

「俺たちに利用価値があるから、ですか」

「はい。今回は大英帝国の介入があったせいで、カエサル公ご自身が日本にわざわざいらっしゃいましたけど……公はもともと、日本国内の問題は日本人だけで解決しろというスタンスでした。その方がコストもかかりませんし」

「コスト？」

「たとえば日本を完全にローマの属州として、国のあり方から根本的に変えてしまうことも公にはできたはずです。でも、属州の運営には莫大な資金がかかりますし、人材の投入も不可欠ですから。コストに見合うだけの見返りはないと判断したのでしょう」

「なるほど。日本の問題は日本国内で片づけてくれる方が――」

「東方ローマ帝国には望ましいのですね。だから、公はわたくしたち東海道が……関東将家に取って代われる器か否かを見きわめようとお考えのはずです」

「羊飼いが誰になろうと気にしない……そういうことですか」

征継は唇の端だけ曲げて、うすく微笑した。

同時に感心していた。『属州運営は金がかかる』。自分のような武辺者からは出てこない発想である。

志緒理が歴史と政治をよく学んだからこその言葉なのだろう。

今、腕に抱いている少女は美しいだけでなく、主君としても慕わしい存在だった。

「はい。実はわたくし、皇国日本の天下を取ると決めたとき、いくつかのやり方を思いつきました。そのうちのひとつがカエサル公に取り入って――」

「あの男の後ろ楯を得て、日本に君臨する策ですか？」

「当たりです。でも……今回、駿河から旗揚げするときに、それはあきらめました」

「どうしてです？」

「だって東海道の方々――特に立夏さまや象山さまが受け入れるはずのない方針ですから。あの方たち、戦場でカエサル公と同盟することには耐えられても、その足下にひざまずくのは死んでも御免だとおっしゃるでしょう」

「たしかに」

征継はうなずいた。志緒理は肩をすくめて、さらに言う。

「それに、わたくし自身もあまり乗り気ではありません。どうせなら、あつかましく〝日本の保護者〟なんて名乗るカエサル公の鼻を明かす形で天下取りをしたいです」

「だから今、箱根を押さえるわけですか」

「はい。まともに進めたら……西に維新同盟、東にカエサル公という敵を抱えこんで、二正面作戦になる下策です。でも」

征継はついに顔を上げ、表情をひきしめた。

「東西の両方に敵を抱えこんだ今だからこそ、滅亡寸前まで追いこまれたわたくしたちが成り上がるチャンスだとも──思います。そのための計略も練りました。ご協力をおねがいしますね、征継さま」

「承知しました。ところで姫。例の件もお忘れなきよう」

「例の……？」

「本番まで、もう一週間もありません」

「！」

志緒理は愕然としていた。国家レベルの揉めごと続きですっかり忘れていたのだろう。しかし、すぐさま生真面目な表情を作り、言葉をしぼり出す。

「そ、そういえばそうでした。学園祭のコンテスト、でしたね……」

「正しくはミスコンテストです、姫」

「こ……心得ております。ご安心くださいませ」

答えてから、皇女殿下は不意に考えこんだ。

主の美貌が怜悧に研ぎすまされていく。今の会話がきっかけで、急に何かを思いついたようだ。ややあってから、志緒理はつぶやいた。

「どれだけコンテストのために尽力しても、このままですと征継さまは学園祭の本番には参加できませんよね……？」

「仕方のないことです。俺には箱根での軍務がある」

昼間、初音(はつね)とも話した件だった。

伊豆(いず)方面にエドワード、そしてリチャードという大敵ふたりがひかえている状況で、さすがに箱根の守りを空(あ)けられない。あのレベルの復活者(リザレクト)に対抗するには、こちらにも衛青(えいせい)と征継の二枚看板が不可欠だった。

しかし、志緒理はこんなことを言い出した。

「今まで箱根を『平和的にぶんどる』ための計略を仕掛けてきましたが……もうひとつ、ちょっとしたパフォーマンスを思いつきました。学園祭に合わせて仕掛けてみるのもいいかもしれませんね」

「パフォーマンス、ですか？」

「上手(うま)くいけば、征継さまも学園祭に出席……できるかもしれません」

「ほう」

主従ふたりの野心と共に、夜は更(ふ)けていく。

今のところはまだ、箱根は静かである。しかし、嵐の気配は着実に近づきつつあった。

第二章

CHRONICLE LEGION 4

嵐(とミスコン)の前ぶれ

1

かつて長浜城と呼ばれた城が伊豆にあった。

滋賀県にも同名の——豊臣秀吉ゆかりの城がある。

こちらの方が有名かもしれない。だが、〝伊豆の長浜城〟も秀吉と同時代を生きた戦国時代の将・北条氏政が築いた海辺の城である。

武田家や豊臣家の水軍を迎え撃つべく、駿河湾の伊豆半島側に建造された。

なかなかにいわくのある古城の跡地である。そこに『長浜鎮守府』は建てられ、今も〝海から到来する恐怖〟を水際で食い止めるべく機能している。

その長浜鎮守府、敷地の中央——。

そびえ立つ護国塔の屋上で潮風を浴びつつ、獅子がうそぶく。

「皇都東京はついにユリウス・カエサルを迎え入れたか……。ふふふふ、かの都をわれら英国軍がいかにして陥落せしめるか、想像するだけで心躍るな」

獅子心王の異名を持つリチャード一世。

こみあげてくる笑いを抑えきれず、含み笑いをこぼしてしまっている。

「そうではないか、エドワードよ」

「お言葉を返しますが、僕の方はなかなか気が重いですよ」

勇猛なる祖先の宣言を、黒王子エドワードはさらりと受け流す。

高さ四〇メートルを超す塔の屋上はひどく見晴らしがいい。その西側には駿河湾が広がり、東側には伊豆半島の山々が連なっている。

見えるものが東西でまったくちがう。すばらしい絶景だった。

「箱根と富士周辺を東海道将家に取りかえされましたからね。東京攻略のため西――関西方面から軍団や物資を陸路で送りこんでも」

エドワードは肩をすくめて、さらに言う。

「箱根の手前でいったん食い止められてしまいます」

「船を使えばいい。今もそうしているであろう？」

「兵站のための輸送だけなら、まあ、それもありです。が、太平洋側――海から東京を攻撃しても、われらのレギオンは本領を発揮できない」

騎士侯は特定の鎮守府をひとつだけ〝本拠地〟とできる。

本拠地以外の場所では、騎力のわずか一〇分の一しかレギオンを召集できない。

かといって、レギオン以外の兵器では、東京を防衛する皇国日本の主力騎〝神威〟に対抗できない……。

「ゆえに箱根は重要なのです。皇都東京を守るときも攻めるときも」

「うむ。だからこそ、われらも箱根を拠点として東京攻撃の準備をしていた」

獅子心王はにやりと笑い、黒王子はくすりと微笑する。

どちらも乱世を戦い抜いてきたプランタジネット家の英傑ふたりである。いくさの匂いをかぎとることは、もはや特技のひとつであった。

「余の直感と想像をあえて言うなら」

詩人でもある〝感性の申し子〟リチャードはにやにやと笑っていた。

「箱根の所有権を巡って、すこし荒れるはずだぞ」

「同感です。本来なら、あの土地は関東将家にもどすのが法。しかし、奪還の功労者はあくまで東海道将家。なにより《四神》には新たな主が出現してしまった」

「我が軍の間諜も面白い報告をしていたな」

「箱根住民の間では、東海道勢の株がぐんと上がっているそうです」

「ふふふふ。ユリウス・カエサルもここが考えどころだな。あの男の箱根視察――たしか二日後なのだろう？」

「ええ。われらに勝利した記念の式典も兼ねているらしい。そうだ伯父上」

曾祖父の祖父の兄に当たる祖先を、エドワードは『伯父』と呼ぶ。

猪突猛進の闘将でありながら、実はラテン語や詩文にも堪能な教養人でもある奥深い英傑への――指揮官としての要請だった。

「その式典のあとにでも、箱根への出撃をおねがいするかもしれません」

「カエサル公が去ったあとに、か」

「はい。ローマの元帥どのだけではなく、僕らにも思惑はある。新たな構想もある。そのあたりを踏まえて、そろそろ仕掛けてみる頃合いでしょう」

「東海道、そして橘征継とその麗しき女主人を相手に、だな」

思惑、構想などの胡乱な言葉にうなずいてから。

王子のまま死んだ貴公子へ、リチャードは昂然と言った。

「しかしエドワードよ。再度の攻撃の折には、箱根の関を——また陥としてもかまわないのだろうな？　駄目だと言われても、言いなりになるつもりはないが」

「はははは！　もちろん、かまいませんとも！」

時を超えて邂逅したプランタジネット朝英国王家の男児ふたり。

ひとしきりいっしょに笑ったあとで、獅子心王はエドワード王子へ問う。

「それはそうと、西の盟友……畿内将家の方はどうだ？」

「エレノアがよく掌握していますよ。われらが姫の魔力にあらがえるほどの騎士侯、西にはほとんどいない。現状のままで問題ないでしょう。ただ——」

わずかに眉をひそめて、エドワードはつぶやく。

「何十名もの騎士たちを操る分、エレノアの消耗も激しくなります」

「われらが黄金獅子に新たな命を吹きこむためとはいえ、不憫なことよな……」

話題が変わると、ふたりの雰囲気も大きく変わっていた。

これまでの余裕あるそぶりが失われて、国の危機を憂えるような深刻さと——陰鬱さが表に出てきたのである。

「エレノアの問いに答えなさい。偽りは許しません」

「は……」

「この国が皇国日本ではなく、大日本帝國と呼ばれていた頃、天龍公の版図は北海道のみ。そのほかの国土はもう一体の聖獣――大国主命によって庇護されていた。これにまちがいはありませんね？」

「は……。左様でございます、姫殿下」

畿内地方の州都・京都には、日本古式の城がある。

二条城。江戸時代の初期に建築された。今では畿内将家の宮殿であり、州都防衛の要たる鎮守府だった。

その古城の奥まった一隅に、畿内総督の私室はあった。

広い和室――ではなく、旅館などでよくある和洋室だった。二条城は国の宝というべき文化財でもあるが、実用のためには改築も不可欠。この部屋は十数年前、城内に増築された区画であった。

畿内将家のナンバーワンのための私的空間。

だが今、この場の支配者は畿内総督・出海典膳ではなかった。

彼はうつろな目で、唯一の主人として崇拝する美姫へ頭を垂れていた。

「次の質問です。我が騎士よ、心して答えなさい」

「は……」

うなずく畿内総督は声までうつろだった。メディアの前に出るとき、彼はいつも騎士侯でもある強面の政治家という体で驕慢に振る舞う。その態度に見合う才覚の所有者ではないから、一種の老害だと言えよう。

しかし、大英帝国のプリンセス・エレノアの御前でそんな不作法は許されない。

畿内総督は躾のゆきとどいた犬のごとく、板張りの床にひざまずいている。彼は今、魔女エレノアの霊力に導かれて、深い催眠状態に陥っていた。

ここまで支配を深めるのに一年近くの時を費やした。

しかし、苦労しただけの甲斐はある。もはや畿内総督は重大な国家機密であろうと、知るかぎりのことをエレノアに申告するだろう。

とはいえ、理性のたがを一時的にふきとばすほど強い催眠状態。

込み入った回答はできなくなる。上手く誘導しなくては。英国の魔女姫はかねてよりの疑惑に裏付けを取るべく、さらに問いかけた。

「天龍公に取って代わられたあと、大国主命は皇都東京の何処かに封じられ、今は眠りについている——。これはイエス？」

「は……」

「では、その封印を管理する者は皇城にいる。これはイエス？」

「は……」

「それは皇家のどなたかですか？　たとえば現女皇の照姫陛下。あるいは東海道の斎宮となられた志緒理殿下とか」

「…………」

「答えられない。つまり、何も知らないのですね？」

「い……え。何十年か前に初代女皇より、うかがったことが、ございます」

「初代――現女皇のおばあさまでしたね。たしか日美子陛下」

皇家の家系図をエレノアは思い出した。

「それで、初代女皇はなんと？」

「大国主の君は……東京の――真の守護者たる英霊に抱かれて、眠りについていると。英霊ともども、決して起こしてはならぬと……」

「真の守護者たる英霊？　ずいぶんと眉唾なお話ですね」

軽く冷笑して、エレノアは言った。

「そんな存在がいるなら、皇都東京は一〇年前、どうして戦いもせずにカエサル公を支配者として迎え入れたのでしょう？」

「……あの話をされたとき、日美子陛下は酔っておられた」

いつも驕慢に振る舞う老人なのだが、それがうそのように畿内総督は訥々と言葉を紡ぎ、ゆっくりと語った。

「ゆえに子細を聞くことはかないませんでした……。ただ、危険なのだと。あの英霊は災厄の申し子である――国を滅ぼす覚悟がなければ、決して呼び起こしてはならぬと陛下はおっしゃっていたのです」

「覚悟。なら、つじつまは合うのかしら」

皮肉なオチを聞いて、エレノアは微苦笑した。

「東京の支配者たちにいちばん足りないものですものね」

「は……」

かくして問答が一段落した直後。

エレノアはやにわに口元を手のひらで押さえた。何度か咳き込む。そして、その手を唇から離し、大きく嘆息した。

やはり――手は喀血で赤く染まっていた。

「この体でどこまで事を進められるか……。せめて〝もう一体の聖獣〟に謁見を願うときまで保つとよいのですけど」

憮然として英国の姫君はつぶやき、眉をひそめるのだった。

2

一一月二九日、土曜日。週末の朝だった。

午前八時をちょっと過ぎただけ。ふつうの学生なら土曜だというのにいやいや授業を受けに通学しているか、まさに今から休日を謳歌しようという頃合いだろう。

だが、今日の小此木泰世はどちらでもない。

橘征継が己の都合のために、わざわざ箱根まで呼びよせたからだ。

そう。級友が暮らす駿河市の自宅へ東海道軍の車両を送りこみ、高校生男子をひとりピックアップさせて、箱根の『朱雀門』まで運ばせたのである。

東海道の臨時州都からここまで、一時間半ほどのドライブだったはずだ。

ふたりは今、征継の執務室で向き合っている。

「征継くん、たしかに迎えの者をよこすと電話で言ってたけど……本物の軍人さんだとは思わなかったよ。てっきり初音さんあたりだと」

「あとであやまっておいてくれ。おまえが帰るとき、箱根みやげも部下に用意させる。それで機嫌を取っておくといい」

「ぼくが軍の自動車に連れこまれるのを見て、親がびっくりしてた」

「すまない。説明が足りなかったな」

「了解。でも、これってものすごい公私混同だよねえ」

しみじみと泰世は言った。

「征継くんが僕を箱根に呼んだの……ミスコン関係の仕事を手伝わせるためだし。これ、軍務とは何の関係もない学校行事だよ」

「たぶん大丈夫……じゃないだろうか。一応、俺も騎士侯のはしくれだ」

実はあまり自信がないため、征継の方も疑問形だった。

「ふつうの将校よりも、俺たちは戦場での特権が多いらしい。軍の制度で保証されていると
――聞いた気もする」

「そういえば、最前線にペットの子猫を連れこんだ騎士の話、聞いたことあるかも。名門生まれのどら息子がバカやったっていう……落語か都市伝説みたいなやつ」

「その気になれば、専任の料理人や美容師は問題なく同行できるらしいぞ」

「うーん。こういうのも軍部の闇とか堕落っていうのかねえ」

無駄話をしながらも、泰世はミスコン関連の書類や計画書に目を通している。生徒会副会長でもある級友に最終チェックを頼んだのだ。

途中で泰世は声をひそめて、こんなことを訊いてきた。

「……ところでさ。これ、本当にご本人のOK出てるの？」

「……姫の件か。安心しろ。きっちり確約をいただいている」

「そりゃすごい。このまま実現しちゃったら、征継くんのミスコンがまちがいなく学園祭でいちばん盛りあがるよ」

「まあ、そうだろうな」

「その割に辛気くさい顔だねえ」

「結局、姫の対抗馬になれる女子がいないままだからな。イベントとしてはともかく、コンテストとしては画竜点睛を欠く……」

「そこまで望むのは贅沢すぎるよ」

苦笑いしてから、泰世は書類をひとつに束ねた。

「……ん、まあ、こんなところかな。特に問題ないと思う。これで受理しておくよ。でも征継くんも残念だよね。来週からの学園祭本番……来られそうにないんでしょう?」

気の毒そうに級友から言われて、征継は軽くうなずいた。

今日は一一月二九日の土曜日。この土日が学園祭の最終準備期間となる。週が明けた一二月一日から、ついに本番だった。

一二月一日、月曜日。臨済高校学園祭の一日目。

一二月二日、火曜日が学祭二日目。ミスコンはこの日の午後だった。

だが、橘征継には箱根の関を臨時城代のひとりとして守護するという責務がある。ミスコンだけなら半日程度の留守で済むとはいえ、この職場放棄はよろしくない。たとえ特権を持つ騎士侯であっても——否。

特権階級である騎士侯だからこそ、慎むべき行為だった。

騎士とはすなわち『戦場の最前線に出て、戦闘の危険を真っ先に請け負う者』。だからこそ数々の特権を認められるのである。戦場のどまんなかで特権を享受するのはともかく、戦場から真っ先に去るなど、言語道断だった。

だから今日、級友は朝早くから箱根まで来てくれたのである。

しかし、征継はぼそりとつぶやいた。

「実はな……学園祭に顔を出せるかもしれん」

「えっ。大丈夫なの？　明日だってカエサル元帥まで東京からやってきて、記念行事とかやるんでしょ？　そっちに出席もしなきゃダメだって――」

「そのとおりだ。だが、これから各方面に調整をかけて」

驚く泰世に向けて、征継はうなずきかけた。

「上手くいったら、姫のお供ついでに俺も駿河へもどれるはずだ。まあ、全ては今日と明日次第だな」


そして一時間後。小此木泰世は去っていった。

友を見送ったあと、征継はおもむろに執務室の電話機と向き合う。受話器を取り、秋ケ瀬立夏との直通回線につなぐ――。

『征継どのですか？』

「折り入って相談したいことがある。すこし時間をもらえるか？」

『かまいません。私の方にも確認したいことがあるのです』

二日ぶりに聞く東海道総督の声は、やや不機嫌そうだった。

『このところ連日、征継どのが駿河の何者かと――女性のかかわる案件で連絡を取り合っていると小耳にはさみました。しかも、今朝は早くから駿河市在住の誰かを緊急で呼びよせたらしいとも。べ、べつにそのこと自体はかまわないのですが』

ややあせりつつ、立夏は発言をつづける。

いつも剛毅な女武者らしくない。嫉妬を抑えようとしつつも口調に出てしまっている。それを可愛らしく思い、征継はうすく微笑んだ。

『総督である私との連絡は二、三日に一回程度なのに、そのようなところでマメさを発揮なくともと思うのです。征継どの、それでお相手というのは――』

「ちょうどよかった」

『……えっ？』

「その件で立夏どのに相談するつもりだった。聞いてくれるか」

征継はすばやく説明をはじめた。学園祭。ミスコンテスト。それに合わせて仕掛けたい策がある――。二日前の夜、志緒理と語り合った内容だ。

本当なら、昨日のうちに皇女の口から伝えておくはずだった。

だが、駿河市の守備隊と、掛川方面から出撃した維新同盟の部隊が小競り合いを起こし、立夏はその関係で前線の方へ視察に出向いたりもしていたのだ。

多忙な新総督と連絡はつかず、仕方なく先延ばしにしたのである。

そして今、ひととおり事情と計画を聞いて、立夏は安堵の吐息をこぼした。

『なるほど。そういうわけでしたか』

「以上の理由で俺は特別休暇を取るべきだと思う。承認をもらいたい」

『総督として許可いたしましょう。そうですね。皇女殿下も征継どのも学生です。軍務や公務と同じくらいに勉学もまた本分であるはずです』

「かたじけない」

わざとらしく〝学生の本分〟などと言う立夏。さすがに話が早い。

このあたりの柔軟な機転、剛直なだけの武人には期待できないところだ。しかし、才気あふれる新総督は不意に声をひそめた。

『ただ……ひとつ気になった点があります』

「なんだ？」

『そのミスコンとやら、志緒理殿下も本当にご参加なさるのですか？　皇国の皇女であられる御方がわざわざ？』

「ああ。これも学生たちと打ちとけるためと、了承してくださった」

多少の脚色を交えつつも征継はあっさり認め、立夏の方は息を呑んだ。

『そ、その手のコンテストには水着審査まであると仄聞したことが……』

「そちらも抜かりはない。俺の仕切りで、もちろん実施させる」

『ま――征継どのも立ち合うなか、志緒理殿下がそのような御姿になられる――』

しばしの沈黙。ややあって、立夏はいきなり決然と言った。

『ひとつ確認をさせてください。そのコンテスト、出場枠に余裕はありますか？』

「なくとも俺が責任者だ。どうとでも手配はできるが」

『そうですか……』

思わぬ方向に話が転がりつつも、策の仕掛けは順調に進んでいく。

征継が通う臨済高校の学園祭は二日後。しかし、その直前。いよいよユリウス・カエサルがここ箱根にやってくるのである。

3

一一月三〇日、日曜日。

明日からはいよいよ師走という節目の日である。

東京青山の皇城に滞在中だったガイウス・ユリウス・カエサルはこの日の早朝、関東州軍の輸送ヘリ――将軍専用の特別機に搭乗した。

午前九時、第一鎮守府『青龍門』の発着所に古代ローマの軍装で降り立った。

その二時間後より、いよいよ〝視察〟の開始であった。

会場は大涌谷の展望台。

平時であれば、観光地として人気の場所だ。

箱根全域にかけて広がる火山帯――その火口付近が地すべりで崩れて、大涌谷と呼ばれる窪地が誕生した。あちこちから噴煙が立ちのぼり、なんとも物騒な景観である。かつては地獄谷と呼ばれていたという。

この一帯で最も高いわけではないが、標高一〇〇〇メートルを超す。

地球上のいかなる高層建築もおよばぬ高みであった。今日は快晴であるから見晴らしはきわめてよく、東海道の地にそびえる霊峰富士の美麗なたたずまいまで見てとれた。

観光客はこの景観を目当てに訪れるわけだが。

今日、展望台は『カエサル元帥の箱根視察』のため、閉鎖されていた。

また景色に代わる主役の大軍が――青く澄み渡った大涌谷の空を埋め尽くしていた。

有翼巨兵〝レギオン〟の軍勢である。

総数、実に一五〇〇騎を超える。おまけに日本・ローマ合同軍だ。

最も多いのはケントゥリア。東方ローマ帝国が主力騎とする銀色の巨兵。衛青将軍が召集した三〇〇騎に、カエサルが直々に召集した一〇〇〇騎が加わったのである。

次に多いレギオンは、皇国日本の精兵・兼定三〇〇騎。

橘征継だけが召集できる、赤紫色の特殊型だ。

そして、そのベースとなった日本の青きサムライ・神威が二〇〇騎そろっている。東海道将家の騎士侯五名ほどが召集し、一部隊としたのだ。

一五〇〇騎を超すレギオンが整然と隊列を組み、銃槍を手に、悠々と飛行中――。

箱根奪還を祝する、一種の〝軍事パレード〟であった。

……この手のイベントは本来、『我が国はこれだけの戦力を動員できる』と誇示し、周辺国を威嚇するために行うもの。だが、あきれたことに。

パレードの実施を今朝思いついた大元帥、そんな意図は毛頭なかったらしい。

『せっかくだから、何か派手なことをやりたいではないか！』

鶴の一声だったという。

とはいえ、テレビ中継も入っている。

東日本のマスコミ各社がこぞって取材チームを送りこんできていた。ローマの大元帥のおかげで、素材には困らなかったはずだ。

ただし、維新同盟に好意的な西日本のメディアはほとんど見ない。

代わりに東山道——維新同盟との内通も疑われた東山道将家から来た記者団はそれなりの人数だった。

空に集結するレギオン連合軍、列席者は展望台から見とどけた。

カエサル以外の顔ぶれは、東日本各地やローマ軍関東駐留部隊の高級将校たち。

皇女志緒理。さらにはゲストとして関東・東海道の高官たち、皇城の女官たちなど。秋ケ瀬立夏は駿河での公務のため不在だった。

これはこれで壮観であり、ドラマチックなイベントだったが。

橘征継や志緒理にとっては、このあとが実は本番であった。

記念式典を兼ねた箱根視察は二時間ほどで終了。そのあとは関係者が集まって、昼食会がはじまった。

「ほほう」

ユリウス・カエサルは感心して、目を細めた。

「すると、志緒理は君の愛弟子でもあるわけか」

「姫が一二歳のときにローマへ旅立つまでは、わしも東京にいた。念術のなんたるかを指南する機会もなにかと多かったのじゃ」

会食の席である。長テーブルに山海の珍味が数え切れないほどならんでいる。

上座に当たる、いちばん奥まった席。ここにはもちろん主賓のユリウス・カエサル元帥その人がすわっている。

その近くには、箱根の関をあずかる〝現時点での重鎮たち〟が席を取る。

まず皇女志緒理。振り袖の和服を着たうえにプラチナブロンドの美貌。この場で最も華やかな存在だ。

さらに臨時城代その一とその二。橘征継・衛青の男ふたり。

そして、もうひとり。竜胆先生もカエサルの近くに席を用意され、さっそく酒と料理に手をつけていた。皇城でも一目置かれる〝皇国の元勲〟としては、妥当な席次だろう。

あいかわらずローティーンの童女にしか見えない。

いつもの青い和服を着て、扇子を持ち、ほのかに輝く青髪を結いあげている。

一目で只者ではないとわかる姿だった。しかも、大国ローマの国父にまったく臆せず、なれなれしく話しこむ。

……まあ、どちらもひっきりなしに酒杯を空にしながらのやりとり。

呑兵衛同士で気が合っただけかもしれない。ともあれ、話は十分に弾んでいた。

「ならば日本の美しき姫と、その可愛らしき導師のために杯を干さねばなるまいな」

「ふはははは。竜胆と呼ぶがいい、ローマの禿げ頭どの」

「ははははは。ならば竜胆女史のために乾杯だ！」

尚、この日の会場は箱根でも知る人ぞ知る高級旅館の広間である。

地元・仙石原高原で栽培された新鮮野菜。実は小田原港と相模湾からも近い箱根ならではの新鮮魚介。さらに国産和牛、黒豚、地鶏など——。

創作和食とこだわり抜いた素材が売りの隠れ家的旅館であった。

当然のように料理は絶品で、それに合わせる酒まで極上だ。日本各地の激うま地酒に高級ワインの数々。

カエサルと竜胆先生は驚くべきペースで次々と腹に入れていった。

このあたり、『おなかいっぱいになったら吐いて胃袋を空け、次の料理を食べる』饗宴に慣れた古代ローマの覇者と、『そもそも人間のように胃袋という概念がない念導精霊』の面目躍如であろう。

そして、竜胆先生は徐々に——話題を微修正していった。

志緒理から念導術、己が念導精霊であること、さらに念導神格について。

「それにしても、うちの姫が天龍公の名代として、立派に《四神》を制したときは心から感服したものじゃ。よもやそこまでの霊力を身につけられたとは、と」

「それほどむずかしいことなのかね？」

「当たり前じゃ。今の世界に聖獣の血をひく姫が何百人いるかは知らぬが——こんな真似ができる姫は……ふふふふ。片手で数えられるほどにもいればいい方だな」

「ほう」

「いると思う方がおかしい。そこまでの姫、滅多に生まれるものではない」

「なるほど。そのうえ、東海道将家にはあのエドワード王子をも下した名将がいる。実に心強い話だな」

「敵を誉めるのも口惜しいが、あの王子どのはたしかに大敵じゃな」

酔っぱらい同士、おしゃべりで盛りあがっている。

だが——すぐ間近にいる征継にはわかる。ふたりの酔漢、いい具合に気分が盛りあがってはいる。口も軽く、目つきもとろんとしている。しかし。

カエサルも、竜胆先生も、目の奥に力強い眼光を宿したままだった。

酒席で陽気に振るまい、羽目を外しながらも、自国・他国を問わずに人脈を広げ、相手の人となりや真意を探る。

それもまた政治にかかわる者には必要だと、彼らは熟知しているのだ。

酒は呑むものであり、呑まれるものではない。だから、どれだけ量を干しても乱れず、正気を失うようなバカはしない。

この酔っぱらい同士の無駄話、実は一種の駆け引きでもある——。

すくなくともカエサルの間近にすわる面子は、そのことを承知している。皇女志緒理も、征継も、おそらく衛青将軍も。

ふと、隣にすわる古代中国出身の武将と目が合った。

ちなみに征継はいつもどおり学生服、向こうも平生どおりの漢服姿である。

「橘どのは飲まれないのですか？」

「残念ながら、俺は未成年だ。すくなくともこの国の戸籍上ではな」

「なるほど」

衛青はくすりと微笑む。それだけだった。

水しか飲まない征継に対して、衛青は一定のペースで酒杯を空けつづけている。

だが陽気にしゃべり出すわけでもなく、端然と宴の席にすわり、ゆったりとしたペースで飲み食いするだけ。おおむね無言だった。

アルコールゆえの乱れをわずかも見せない。美麗な顔立ちは涼しいままだ。

もしかしたら。不意に征継は思いついた。

酒を酌み交わすことも仕事のうちなどとあえて考えない。ただ『武将として戦う』だけの存在たらんとしている——。それが衛青という男なのではないかと。

逆説的だが、酒席だからこそ見えた一面かもしれない。

一方、酔っぱらい二名はさらに話を弾ませている。

美酒と山海の美味を満喫しながら、大英帝国の雄エドワード黒王子とリチャード獅子心王がいかにおそるべき敵かを語り合ったあと。

「それにしても、黒王子どのと好勝負をできる武将が世界にどれだけいるか——。国をあずかる身としては頭の痛い問題だが、興味の尽きない疑問でもあるな。片手の指とまでは言わないが、せいぜい両手両足の指で数えられる程度か」

ワイングラスをぐびりと空けて、カエサルがにやりと笑った。

「橘・衛青の二将軍はその英雄軍団の一員だと、今回の勝利で証明してくれたが」

「ならば禿げ頭どの」

竜胆先生の方は日本酒のお猪口を空けながらの問いかけだった。

「この日本国に、あとどれだけ英傑がいそうじゃと思う？」

「ははは。これは答えにくい質問だ！」

伊豆半島に陣取る英国勢と、対決しうる武将は誰か。

真に箱根を守護すべきは誰なのか。この問題について、おたがいが肚の内で考えていることを探り合う。

狐と狸は存分に酔いながらも、その段階に踏みこもうとしていた。

会話に耳をそばだてる者はすくなくない。宴席に居合わせる関東将家の高官たち、皇城から招いた高位の女官たち——。

カエサルが示した、東海道勢への高評価。

彼ら・彼女らはそれをすでに聞き知っている。内心、『カエサル公が箱根をほうびとして東海道に投げあたえる』図を想像して、焦り、いらだっていることだろう。

　そして会食が終わったあと、暗躍をはじめるのだ。

　たとえば、まずカエサルにひざまずき、箱根という領地の安堵を懇願する。御用メディアを通じて志緒理や征継の人物に問題ありと偽情報やでっちあげの醜聞などを垂れながして、世評を下げようとするかもしれない。

　さらには、征継個人の引き抜きなども仕掛けてきそうだ。

　まあ、もろもろの妨害・嫌がらせ・悪あがきを繰りかえすだろう。

『それらにいちいち頭を悩ますのも面倒です。一気に事を進められるよう、ここでひとつ派手な行動をしてみましょう』

　とは、志緒理の弁であった。

（そろそろ頃合いか）

　征継はミネラルウォーターのグラスを置いた。

　向かい側には、振り袖をまとう皇女志緒理がすわっている。こちらの視線に気づき、小さくうなずいてくれた。

　今まで竜胆先生に『しゃべり役』をまかせていた姫はおもむろに口を開き、

「先ほどから過分な評価をたくさんいただいておりますが」

　やんわりとした困り顔で言う。もちろん演技である。

　だが、ひどく自然だ。皇女殿下は猫かぶりの達人でもあられるのだ。

「わたくし以外にも四神を制しうる御方は……きっと、たくさんおられるでしょう。ほかの姫君たちにお願い申し上げて、新たな箱根の巫女となっていただくことも十分可能だと、わたくしは思っております」

ここでにっこりと笑う。それも〝無垢な気立てのよさ〟を天然仕立てで擬装した、みごとなほど自然な笑顔だった。

志緒理という少女の本性を知らなければ、ふつうはころりとだまされる。

「いざとなれば、我が国にはそれこそ女皇陛下もいらっしゃいますし。そうではございませんか、内侍のみなさま」

あえて皇城から招待しておいた女官たちへも、にっこりと声をかける。

予防線を張るためだった。現女皇の霊能、志緒理の足下にもおよばないという。しかし、それは皇城のなかでも秘中の秘であるらしい。

表向き、今上陛下こそが当代で最も霊力にすぐれた姫となっている。

この宴席に居合わせた女官たちもおそらく真実を知らない。だから志緒理の言葉を否定もせず、とまどったままでいる……。

「また我が騎士・橘征継も剛強の武人ではありますが、漢王朝でも稀代の名将であられた衛青大将軍とはくらべるべくもない若輩者。箱根に衛青さまがいらっしゃるかぎり、必ずしも橘は必要ないのではとも――」

「志緒理。さっきから聞いていると」

不意にカエサルが声をかけた。

「なにやら暇乞(いとまご)いをする直前のようにも思えるな」

「実はそのとおりでございます。このところ、わたくしどもを過分に持ちあげていただく声が多く、それはまことにうれしく思うのですが……やはり、わたくしも橘も未成年の、しかも一学生に過ぎない若輩です」

あくまでひかえめな、つつましい姫君の顔で志緒理は言った。

「このあたりで本道にもどるべきだと考え、駿河(するが)への帰参(きさん)を決めさせていただきました。すでに東海道総督・秋ヶ瀬立夏さまより了承もいただいております」

形式上、志緒理も征継も東海道将家に仕(つか)えている身だ。

カエサルであっても、関東総督(そうとく)であっても、立夏が認めたことに横やりを入れ、やめさせることはできない。すくなくとも表立っては。

「ふうむ……。なるほど、それが君の決意か」

いつのまにか東方ローマの大元帥はにやにやと笑っていた。

「それで、いつ発(た)つ?」

「明日にでも。実は――明後日から学園祭なのです」

明らかに状況を面白がっている皇国の保護者へ、志緒理はすがすがしい笑顔で告げた。

4

会食の終了後、志緒理は『朱雀門』の私室にもどった。

カエサルも今頃はとっくに機上の人となり、東京への帰路についているだろう。多忙の合間を縫って、今回の式典に参加してくれたのだ。

会食会場だった旅館で、振り袖から平服への着替えは済ませてある。

ふぅ。志緒理はようやく一息ついた。

この私室、将家・皇家の貴人が宿泊する際に使われる部屋だという。間取りや調度など、高級ホテルのスイートに似ている。

そして、ただひとり付いてきた仲間がいた。

竜胆先生だった。会食の席から〝ちょろまかしてきた〟ご当地神奈川の銘酒《裏丹沢》ひやおろしの一升瓶まで持ちこんでいる。

その中身を湯飲みにそそいだ先生、ぐびっと呑みながら言う。

「それにしても思い切ったな。ここであえて箱根を去るとは」

「もちろん強引に居すわって、東海道の武力によって箱根の関を実効支配することもできるでしょう。でも」

志緒理はくすりと微笑んだ。

作り笑顔ではない。素であるがゆえに、口元が自然と人の悪い感じになっている。持ち前の美貌と智力のせいだろう。

「それでは維新同盟と変わりがありません。評判も落ちます。わたくしや立夏さまは——自分で言うのもなんですが、人気者になれる素質は十分ですし」

「あえて汚名を着るような攻め方はせぬと？」

「はい。それはもっと煮詰まった状況まで取っておきましょう。今はむしろ世評を大切にしながら、狡猾に目的を果たすべきです」

安易な悪行に走るよりもしたたかさを要求される。むずかしい方針だった。が、そちらの方が最終的な収支は大きくなる。志緒理はそこを重視し、難易度の高い道を選んだのだ。

ここを去るのは、あくまで箱根を獲るための第一歩。

自らを鼓舞するように、志緒理はつぶやく。

「わたくしたちの若さと——見た目のよさに、好感度の高さが加われば、それだけで大きな力になるはずです。自分から武器を捨てるなど愚策でしょう」

「なるほど。あえてぎりぎりまで攻めてみるつもりか」

「はい。今回の策が不発に終わったら、そのときは西——静岡西部と愛知方面の奪還に力を注げばいいだけですもの」

「姫の考えはよくわかった。……が、何年も会わぬうちに図々しくなったのう」

竜胆先生、いきなりのコメントだった。

志緒理を見つめるまなざしが微妙に生あたたかい。あきれているようだ。

「己が人気者になって当然の美女と、あっさり豪語するとは」

「き、客観的に見て、わたくしは人並み以上の容姿と言ってもいいはずですっ。それに気づいてないふりをする方がいやみではありませんか!?」

「言わんとするところはわかるが」

ぐびっと冷や酒をあおりつつ、竜胆先生は言った。

「あまり美貌自慢をせぬ方が、それこそ余計な敵を作らなくて済むぞ」

「せ、先生に言われるまでもありませんっ。それより本題に入りましょう」

「ああ。そのためにここまで来たのじゃからな」

皇女の私室として使用中とはいえ、やはり軍施設のなか。

豪奢（ごうしゃ）ではあっても、一〇代の少女にふさわしい可愛らしさは皆無（かいむ）の部屋だった。

そんな空間で師弟（してい）はふたりきり。盗聴されていても、卓越した念導力（ねんどうりょく）を持つ彼女たちはその手の機器の気配をすぐ察知できる。

今、この場所での機密漏洩（ろうえい）の恐れはなかった。

「記憶の断片を得たことで、征継（まさつぐ）さまの力は以前よりも増しました」

凜（りん）と表情を引き締めて、志緒理は言った。

「わたくしはもし可能なら——征継さまにかつての記憶と名前を取りもどしていただきたいと

思います。そのために力をお貸しください」

「いくさがまだまだ続く以上、あの男本来の騎力はたしかに欲しいところ」

竜胆先生もまじめな顔になり、うなずいた。

「じゃがな、この間の啓示がずばり彼奴の真名を指すかは……まだわからぬぞ」

速。不。台。箱根を奪還した夜、竜胆先生が示した名前だった。

橘征継という仮の名で呼ばれる人物にゆかりのものだと。

「無論、重大な手がかりではあるのだろうが。姫は——あの妙ちきりんな名前の意味を知っておるようじゃな」

「史上最大の帝王……成吉思汗さまにゆかりの《銘》ですから」

「ほほう。たしか草原の民より出でた、大帝国の創始者であったな」

「はい。そして、あの名の持ち主は若年の頃より成吉思汗さまに仕え、子飼いの戦士として鍛えられながらモンゴル統一の内戦を生き抜きました。金国、南宋への侵攻でも活躍し、ついには西へ——カスピ海を越え、ヨーロッパをも脅かした……稀代の名将なのです」

まだ征継自身にも明かしていないことを、志緒理は語った。

「ふうむ」

竜胆先生は童女の目を細めた。

「つまり、橘めは蒙古の生まれじゃと？」

「あの名が征継さまの真名なら、そうなのでしょう。それに征継さまは、草原で戦い方を学んだ騎馬民族の将と同じ傾向を——明確にそなえています。あの方が騎馬の民であったとしても、わたくしは驚きません」

「ふうむ。騎馬にゆかりの武人か……ん？」

いきなり竜胆先生が首をかしげたので、志緒理はとまどった。

「どうかなさいましたか、先生？」

「いや——考えてみれば『橘征継』を復活させたときの子細、聞いてなかったな。姫、あやつの招来をどこで祖父君に祈念した？　もしや東京でか？」

「はい。二年前、東方ローマの人質になっていた頃」

名目だけは留学となっていたが、外交の道具として隣国に差し出されたのだ。

志緒理はその期間中のことをひさしぶりに思い出した。

「夏休みに二週間だけ、里帰りが許されたのです。そのとき——切り札となる武将を配下に加えたいと思い、大急ぎで準備しました。皇城の地下……桔梗院の書庫に忍びこんで、古い資料などもできるだけ読みこんで」

「そこまでやったか」

「はい。先生に指南を仰ごうにも、隠居先の駿河から出てきてくれませんし」

「……げふんっ。言っておくが、わしの耳に都合の悪いことはとどかぬのじゃぞ」

わざとらしく竜胆先生は咳払いしている。

志緒理はくすりと微笑して、話を続けることにした。

「あの書庫には旧帝國軍――大日本帝國時代の念術や咒儀の資料もありますから、必ず役に立つと思ったのです」

強力な、それでいて命令に忠実な復活者が欲しい。

全ての国家が考えることだろう。歴史上の英雄を復活させても、下克上を起こされたり、新帝国を築かれたりしたら、元も子もない。

東方ローマ帝国のユリウス・カエサル。騎士王同盟のカール大帝。

最強格の復活者として特に名高い彼らには、どちらも体ひとつの境遇から新王国を興した前科があるのだから……。

だが、復活者を招来する際に『是非この人物を――』と指名はできない。

すくなくともそう言われている。しかし、何かやりようがあるのではないかと期待して、抜け道を探すべく咒儀の研究をする。

どこの国家の軍部・政治家も一度は通る道だという。

そして、大日本帝國は名将というだけでなく、主への忠誠でも非常に優秀な復活者を何人も擁していた。

彼らの代表が楠木正成と、真田幸村こと真田信繁である。

単にまぐれ当たりだったのか、ノウハウに裏打ちされた成功だったのか。

そのあたりを志緒理は知りたかったのだ。

「ううむ」

　竜胆先生は感心しているようだった。

「桔梗院の書庫……あそこの書には強い念で保護をかけておる。並の霊力者では目を通すこともかなわぬはずじゃが——読めたのだな？」

「はい、どうにか」

「ならば《四神》をまつろわせた手並みにも納得がいく。それで姫。何かいい教本を見つけられたのか？」

「たいしたものは何も。でも、忍びこんだ甲斐はあったと思います」

「ほう」

「旧帝國軍は日本国外……中国大陸や蒙古、南洋の方でも活動して、あちらの武人の銘も蒐集していましたから。あの当時に作られた〝英銘録〟を読んで、見聞も広がりましたし——それに、もし征継さまが本当に騎馬民族のお生まれなら」

　二年前に復活させ、ついに子飼いの復活者として覚醒した切り札。

　その存在を心強く思いつつ、志緒理は言った。

「あそこで学んだ大陸の知識が招来の決め手になったはずです」

「なるほどな……。じゃが姫。あの書庫で学んだあと——なにかしらの形でふたりの老いぼれと出くわさなかったか？」

「えっ？　老いぼ——御老人、ですか？」

「ああ、じじいの二人組じゃ。片方は黒い僧衣を着ていたかもしれん」

「……はい。おじいさまの天龍公に祈りを捧げる前夜、たしかに夢のなかでそのようなおふたりと出会い、いくつか咒儀にまつわる教えを授かりました」

「大方、北斗妙見ゆかりの秘訣であろう」

「そのとおりです！」

志緒理は竜胆先生の慧眼に愕然とした。

今まで誰にも語らなかった秘事である。まさか神通力の遣い手である先生、人の心を読む他心通の術まで心得ていたのか？

「わたくしは今までずっと、おじいさまに仕える精霊が夢に入りこみ、英雄招来の秘訣を教えてくださったのではと考えていたのですが――」

「すこしちがうな。姫よ。明日からの駿河行き、わしもつきあうぞ」

「竜胆先生が、ですか!?」

ものぐさの先生は箱根に残り、酒びたりの日々を謳歌して、四六時中へべれけのまま留守番するのではと。

勝手に想像していた志緒理はびっくりした。

「ああ。『橘征継』の件で確認したいことができたのじゃ。あやつを連れて、久能山へ行かねばならぬ」

志緒理は目を丸くした。久能山。なじみぶかい地名である。駿河鎮守府は駿河市の東の端、有度山と久能山が縦にならぶ丘陵地帯に位置する。

そして、自分たちが通う臨済(りんざい)高校は――久能山のふもとにあるのだ。

5

「ん……お兄さま。よかったわ」

息を弾(はず)ませながら、初音(はつね)がささやく。征継(まさつぐ)は首をかしげた。

「何がだ？」

「だって、お兄さまのお体、だいぶあったかくなってきたから――」

「おまえのおかげだ。いつも世話になっているな」

「いいの……。そういうこと言わないで。初音は好きだから……あっ、お兄さまのお役に立てるのが好きだから、やっているの――んんんんっ！」

「初音」

「だ、大丈夫。お兄さま、しっかり抱いていてね……」

「もちろんだ」

「ん――ああああああっ！」

征継の腕に抱かれながら、ついに初音が悶絶(もんぜつ)した。

執務室のデスクの前である。このところ愛用していた椅子にすわる征継――その両膝(ひざ)の上に妹分の初音がすわっている……。そして、ふたりは強く抱き合い、おたがいの体を密着させて

いた。しかも、だ。

初音が着ていた和服はなかば脱げてしまっている。

上半身は和装用のブラジャーのみという格好で、征継にしがみついているのである。

霊液補給のために儀式をはじめる際、実は奥の小部屋にある仮眠用のベッドを使おうと誘ったのだが。初音に拒否された。

『そういうのは恥ずかしいから……初音はこっちがいいと思うの』

それで執務用のデスクの前での儀式となったのである。

ある意味、こちらの方が倒錯的ではと思わないでもない。が、そのあたりは棚上げして妹分との儀式を進め、征継はいつものように霊液を分けてもらった。

冷たかった全身にぬくもりと、神秘力の源がじんわりと満ちていく。

一方、初音は兄貴分のため最大限に高めた身中の熱を一気に失ってしまい、その反動でぐったりと力尽きた。

汗に濡れた肢体を無防備にあずける形で、征継に柔肌を密着させてくる。

どちらかといえば幼い顔立ちに反して、すばらしく発育のよいバストのふくらみもぎゅっとのしかかってくる。最高の感触だった。

そして、ふたりともハァハァと息を荒らげながら、抱き合うこと暫し。

「体が冷えるぞ」

「ありがと、お兄さま……」

征継が『はいからさん』の和服を着せ直してやると、初音はぼんやり礼を言った。

ともあれ、儀式は終わった。箱根の関での暮らしがはじまってからは、日々の霊液補給はやや行き当たりばったりになっていた。関係者は皆、多忙である。だから志緒理と初音、ふたりの時間が空いているときに頼むという感じだったのだ。

しかし、その箱根での日々が終わろうとしている。

「明日からは駿河にもどるのよね、お兄さま」

「ああ。今日、姫がそのことを宣言した」

ようやく呼吸の落ち着いた初音だが、まだ征継は放さない。膝の上で抱きしめながら、会話をはじめた。尚、妹分の方も征継から離れようとしない。

「いったん駿河にもどるのも、箱根をぶんどるための布石なのね……」

「そのとおりだ。外でしゃべったりするなよ」

「はあい」

「なら、これはほうびの代わりだ」

「ふふふふ。お兄さまに『ぎゅっ』とされるの、初音は好きかも」

「そうか」

儀式をはじめたときは、まだ夕方だった。

が、いつのまにか外は真っ暗だ。部屋の明かりもつけてなかったので、窓から差しこむ月明かりだけが光源だった。

そのなかで正体不明の復活者と、橘一族の少女が抱き合っている。

初音はひどく幸せそうに微笑んでいた。その顔を見るだけで、征継もじんわりと満ち足りた気分を味わった。こうまでして扶けてくれる女性たちにかこまれている。この第二の生、それだけでも分不相応なほどに幸福ではないかと。

しかし、いきなり初音がぼそりと言った。

「ところで……訊いてもいいかしら、お兄さま」

「なんだ？」

「学園祭のミスコン。水着審査もあるっていうアレに、姫様と——立夏さままで参加されるっていう話。あれって……本当なの？」

「泰世あたりに聞いたか」

秋ケ瀬立夏、緊急参戦。超弩級の重要機密である。

駿河市どころか日本国内でも、まだ四、五名しか知る者はいないはず。初音の情報源となりうる存在は限られていた。

口先だけで否定しても仕方ない。征継はあっさり認めた。

「ああ。そういう手筈になっている」

「ううううっ。客寄せのためのデマだと思ったのに！」

「バカを言うな。偽りの上に偽りを重ねるような真似は——俺たち人間から大切な何かを奪っていく。こういうところで手を抜かず、己に誠実であることこそが最終的に自分を充実させるんだぞ?」

「いい話風にまとめたからって、問題行為なのは変わらないわよ、お兄さま!」

「まあ、たまにはいいだろう。年に一度のお祭りだ」

「もうっ。じ、じゃあ、ひとつ提案があるわっ。そのミスコンに初音も参加させて!」

「なに?」

「姫様や立夏さまだけにご苦労をかけさせるわけにはいかないわ。……それに、あのおふたりの水着を見たら、えっちなところのあるお兄さまが変な風に暴走をはじめたりするかもしれないし――」

「そうか。初音もついに参加を志願したか……」

地道な勧誘活動がようやく功を奏した。征継はじんわりと感動した。しかし、それは受諾できない申し出でもあった。

「だが、すまない。おまえにはほかに頼みたいことがある」

「えっ?」

「おまえにしかまかせられない用件だ。心して聞け」

「ど、どういうこと、お兄さま!?」

6

霊液補給の儀式の余韻か、初音は足下がふらついていた。

例の密談のあと、心配だったので部屋の前まで妹分を送ったのだが。それから征継のなかで気まぐれの虫がうずいた。

なんとなく、駿河へ帰る前に〝遠乗り〟をしたくなったのである。

征継は『朱雀門』の念技術部を訪ねた。霊符形態の随獣はここの念導士官たちが管理しているのである。彼らから翼竜を一体、借りた。

そして、夜闇につつまれた星空へと飛び出す——。

明日から一二月である。箱根はそれほど雪が降らないというのがうそに思えるほど、夜の空気は寒々しい。まあ、竜にかなりの速度を出させたことも悪いのだろう。

芦ノ湖上空を横切り、ロープウェイに沿うようにして北上。

大涌谷方面をめざす。下界を見おろせば、ときどき夜の峠道を疾走する自動車のライトが目に入った。闇を縫うようにして光がぬるぬると動いている。

征継の騎竜とほぼ同じ速さだった。

適当なところで竜の首をぽんとたたき、折り返させる。

帰り道はゆっくりと飛び、夜間飛行をのんびり楽しむことにした。こんな寒空で生身をさらしてのフライト、常人なら骨まで凍(こご)え、低体温症になりかねない苦行となる。

だが、復活者(リザレクト)である征継の肉体にはたいして応(こた)えない。

やがて、芦ノ湖の近くにまで帰ってきた。

飛行開始から一時間程度。やや短いが〝遠乗り〟代わりの気分転換だった。

もちろん駿河(するが)に帰ったあとでも、同じことはできるだろう。しかし、それなりの地方都市である駿河の近くを飛ぶより、箱根の深い山中を飛ぶ方が――

しっくり来るように思えたのだ。なんとなく。

雲のすくない今夜は降るような星空だった。月も明るい。

視界の暗さに困ることもなく、『朱雀門』に向けて飛んでいたとき。

「ん？」

アォォオオオオォォォォォン――。

奇妙な遠吠(とおぼ)えを聞いた。おそらく竜のものだ。周囲の空を見まわし、それから地上を見おろして、征継はうなずいた。

芦ノ湖のほとりで翼竜が伏せの姿勢になり、待機していた。

こいつが吠えたのだろう。征継の気を惹(ひ)くために。翼竜の体は――銀色。皇国(こうこく)日本の青ではなく、東方ローマ帝国の所属なのだ。

そして、銀竜のそばに漢服(かんぷく)の青年もいっしょにたたずんでいる……。

湖畔(こはん)に降りていったら、向こうから声をかけてきた。

「もしかして、あなたも遠乗りでしたか？」

「ということは、衛将軍もか」

征継は竜の背中の鞍から降りて、数時間ぶりに衛青と向き合った。

「俺はだいぶ目がいい方だが……衛将軍も同じらしいな。飛んでいるのが俺だと、ここから見えたのか」

「お顔の見分けまではつきませんでしたよ。でも」

衛青はいつもの温柔な微笑を浮かべた。

「竜に乗る際の姿勢や動きで、橘どのだとはすぐにわかりました。日本人もローマ人もほとんどの兵が『竜に体を運んでもらっている』だけです。しかし、橘どのは『竜を体ひとつで操っている』。おそらく、鐙がなくとも何の苦労もないのではありませんか？」

「たぶん、そうだろうな」

翼竜たちは只の動物ではない。随獣である。

だから、尋常でないほど賢い。乗り手が竜に不慣れでも、落とさないよう勝手にバランスを取って、目的地まで飛んでくれる。

実は、原付バイク並みにかんたん操作できる乗り物なのだ。

たいしたスキルは必要とされない。妙な動きをせずに『おとなしい荷物』となり、翼竜の邪魔をしない程度で十分だった。

にもかかわらず、征継は例外であるようだった。しかし。

「俺だけの特技ではないぞ。衛将軍も同じ程度には〝乗れる〟だろう。この間、いっしょにいくさをしたとき気づいた」

「それはそうです。わたしは子供の頃、羊飼いをしていました」

衛青大将軍には、エドワード王子やカエサルと決定的なちがいがある。

貴種ではない。平民どころか卑賤の出といっても過言ではない。幼児の頃は奴隷同然にはたらかされていたという。

「四六時中ずっと裸馬に乗って、羊を追いまわしていたのです。それと同じ要領で竜もあつかっているだけですよ。まあ、子供の頃に学んだ特技は死ぬまで忘れないのでしょうね」

「なるほどな」

橘征継と衛青、決して肝胆相照らすような仲ではない。

必要があれば話しこむこともあるが、私的な会話はあまりしない。こうして世間話でもするようにやりとりするだけだった。

小此木泰世などが相手のときとは、明らかにちがう。

だが、奇妙な男だった。衛青と向き合っていると——不思議としっくり来る。

子供の頃のなじみと再会した気分と言おうか。同じ復活者だからかもしれないが、エドワード、リチャード、カエサルの誰からもこういう印象を受けたことがない。

「これでしばらくの間、お別れになりますね」

「ああ」

「できるだけ早く再会できる日を期待しておりますよ」

「俺の方ではなんとも答えられない言葉だな。微力を尽くすとだけ言っておこう」

「それで十分です」

柔和な微笑と共に、衛青は見送りの言葉を口にする。

征継の方は無表情のまま、ただうなずくだけで応える。明日は早くに箱根を旅立ち、駿河市へ帰還する予定であった。

第三章

CHRONICLE LEGION 4

学園祭、そして

1

「オレなんかはこう思っちゃうんですよね」

上官の箱根行きには同行しなかった参謀、アレクシス・ヤン。

あの視察の二日後。皇国日本の保護者であるローマ軍元帥と若き参謀は朝食を終えて、皇城内の庭園を散歩中だった。

「危険なときは親に泣きついて、守ってもらう。むずかしい問題にぶち当たったら、わんわん泣いて誰かの助けを待つだけ……。そういう使えない子供はそろそろ『切り時』じゃないスかねえ、なんて」

「文武両道で元気溌剌、そのうえ見た目もいい養子の当てができたから、かね」

「そういうことです」

古代ローマ風の赤いトーガを着て、ユリウス・カエサルが前を行く。

ややうしろにヤン参謀が続く。庭とはいっても敷地は皇都ドーム十数個分と、かなりの広さである。そこら中に木々がたっぷり生い茂り、ちょっとした森だとも言える。

歩きまわるだけでも、そこそこの運動になる。

「女皇陛下の取りまきのばあさま――もとい、お姉さま方はローマ軍の騎士侯を箱根に大増員してくれなんて気楽に泣きつきますがね。我が軍は東アジア全体を相手に手広く商売しているわけですよ」

「日本国内の問題くらい、自力で処理してほしいという本音はたしかにあるな」

参謀の言いぐさに、カエサルはくつくつと笑う。

「とはいえ、今回は大英帝国がからんでいる。無視もできんさ」

「照姫女皇――今上陛下と関東将家のポジション、そのまま志緒理さま・東海道・橘征継にチェンジすれば、かなり融通が利くようになりますよ」

ヤン参謀はぼそりと、しかし、冷徹につぶやいた。

ふだんの〝気のいい青年〟の顔とはまたちがう、職業軍人の顔だった。

「そりゃあ志緒理殿下の一党の方が――今の女皇派ご一同よりも十倍はあつかいにくいですけどね。代わりに百倍も有能です。大英帝国がからんできた今だからこそ、あえて手を嚙まれる危険に目をつぶって、猛獣を飼うべきじゃないスかね」

「しかし、だな。東海道勢にはひとつ明確な欠点がある」

「なんでしょう?」

「あちらは少々やる気がありすぎる。それに見合う才気もあれば、頭も切れる。なにより野心がありすぎる。手を嚙まれるどころか、半身を喰われかねん」

「そこは元帥閣下の器量で飼いならしてください」

「ユリウス・カエサルという男は何かと多忙だからな。彼が日本国内にいるときはいいが、そうでないときが不安だ。だから、こうも思うのさ」

カエサルは散歩する足を止めて、うしろにいる参謀へウインクした。

「君はいみじくも女皇派の者たちを子供に喩えた。だが、子供は成長すれば――どう化けるか、わからないぞ?」

「化ける余地あります? 関東総督も高等女官たちもみんないい歳ですよ」

「若いというより、幼い少女もいる。あの辺の器量の底は……まだわからないさ」

「まさか、畏れ多くも今上陛下のことですか?」

「私はあの娘の目を気に入っているぞ。魔物の巣窟のような城でずっと暮らしていたからか、かなり性根がゆがんでいそうではないかね。ああいう目をした若者は――とんでもないことをやらかす。ごくたまに、だがね」

「可愛がってた若者に刺された人が言うと、説得力半端ないですねえ」

雑談しながら、木立が途切れる辺りまでやってきたとき。

ヤン参謀は感じとった。

木々の陰に隠れつつ尾行を続けてきた者が――立ち去っていく。念導術師でもあるヤンはかすかな念波を放って、人の気配を探っていたのである。

一流の騎士侯や念導の達人であれば、この念に気づいただろう。

だが、今回の尾行者はちがった。それなりに隠密行動の訓練は積んでいそうだが、ヤンの念導術に気づいた印象はなかった。

「服部半蔵か自来也かは知りませんが、忍びの者が消えましたよ」

「今の話、我が希望の娘にも伝わるといいのだがね」

「可能性は低くないと思います。女官の誰かが閣下にこんな真似したことありませんし、あの程度の輩を使うあたり、子供の浅知恵って感じです」

にやりとするカエサルを前にして、青年参謀はあきれ顔でつぶやく。

「使える猛獣の東海道は利用したい。でも、そうでない方も利用したい。で、おたがい切磋琢磨というか、つぶし合ってくれてもいい……」

「おいおい。私がひどい悪党であるかのように言わないでくれ」

「実際、そうじゃないですか」

「そこは機略縦横と言ってほしいところだな。まあ」

カエサルは一切悪びれずに言った。

「我が帝国の騎士たちはここ関東の地に二十余名も待機しているわけだが、その全員を総動員しても……伊豆に雌伏する獅子心王ひとりに蹴散らされかねない」

リチャード一世のような復活者は一〇〇〇以上もの絶大な騎力を持つ。

そんな破格の英傑に対抗するため、一〇名以上も騎士侯が集まって、大量のレギオンを動員する。よくある手だった。

しかし、指揮官が多くなる以上、どうしても軍団の統率は弱まる。

レギオンの兵数は同等でも、その全てを己の手足として直率できる復活者の前に敗れ去ってしまう――。これもよくある話だった。

そこを踏まえて、ローマ帝国の英雄はにんまりとつぶやく。

「エドワード王子や……あの謎めいた橘征継とも矛を交える可能性がある以上、やはり、もう一枚くらい切り札が欲しいと思わないかね？」

「切り札ですか」

「ああ。衛青将軍と同等の復活者とまではいかなくとも、東日本の騎士たちを束ねる日本人の名将ないし……女皇の権威をもって兵を鼓舞するヒロインのような」

もし、そんな都合のいい人材が本当に見つけられたら。

関東防衛をその人物にまかせ、衛青将軍なりカエサル本人なりが西日本の平定に赴くことも選択肢に入ってくる。橘征継を擁する東海道への牽制にもなるだろう。

その利を認めて、ヤン参謀は肩をすくめた。

もう反論しようとはせず、代わりに話題を大きく変えた。

「ところで、さっき言ってた『私は多忙』。世界中にいる愛人たちをゼロにしたら、激変すると思いますよ。ほら、この日本でも東京にふたり、横浜にひとり……」

「ああ、ちがう。東京は昨日をもって三人になった」

「そいつをひかえめにしたら、時間の余裕もできるって理屈です」

「何を言うんだ」

諫言を受けて、ローマ建国の覇者は真顔で言った。

「そこを控えたらカエサルはカエサルではなくなってしまう。それこそ単純明快な理屈じゃあないか！」

そして、皇城の地下深く――。

日本各地の鎮守府および古城の地下と同様、ここにも水霊殿は存在する。

広大な地下空間を青い人造霊液が貯水池のごとく満たす……というのが、この施設の典型である。しかし、皇城の水霊殿はちがった。

広さとしては、そこそこ立派な屋敷が一棟、すっぽり収まる程度だろう。

ここは皇家の姫のみが立ち入れる宮中の神域だった。

他とちがい、荒くれた騎士たちが足を踏み入れていい場所ではない。姫たちのためにただ清浄たることのみが求められる。過剰な広さは不要なのだ。

とはいえ、皇城水霊殿も青き霊水で満ちているところは変わらない。

そして、霊液槽の中心には赤い鳥居があり、そのすぐそばでは――ほぼ全裸の少女が呆然と立ち尽くしていた。

日本国女皇、照姫。天龍公の血につらなる弱冠一三歳。

白い打ち掛けを肩に羽織っただけの格好だ。腰までの高さの霊液のなかで立ち、肉付きのうすい少女の体をわなわなと小刻みに震わせている。

「わたくしがどれだけ祈っても、曾おじいさまは応えてくださらない……！」

寒いのではない。怒りのための震えだった。

もう二時間以上も霊液につかり、聖獣の血縁者としての神秘力を研ぎ澄ませてきた。今、照姫の霊能は臨界状態にあると言っていい。

そのうえで、北関東の聖域におわす曾祖父と心をつ、つなぐ――。

全長一〇〇メートルはあろう金色の龍神。天龍の御霊はその巨体以上に巨大であり、ぼんやりとしか把握できない。

曾孫に当たる娘からの接触に対して、何を想っているのか。

相手の精神が巨大すぎて、全体像がまったく把握できなかった。登山口から霊峰富士を仰ぎ見ても、あの美しいたたずまいがまるでわからないのと同じだった。

「曾おじいさまがもっと見えやすくしてくれたらいいのに――！」

怒りにまかせて、霊液の水面をばしゃりと叩く。

だが、わかっていた。天龍の意思をぼんやりとしか感じられないのは、照姫の霊能がさほど高くないからだと。

「これが志緒理殿下なら、こうも長々と沐浴などしなくても……」

天龍公と心をつなぎ、自らの希望を伝え、易々とかなえてもらえるだろう。

彼女と自分とでは、それほどに差があるのだ。なんと口惜しい！

……まあ、とはいっても。照姫は女皇である。この地位にある者こそが正統なる龍の巫女であり、その祈りを曾祖父が無視するということは絶対にない――のだが。

「わたくしの命を……どれだけ削れば、祈りをかなえてもらえるのかしら？」

ぼそりと照姫はつぶやいた。

おそらく、志緒理あたりが削る分量の十数倍はあるはずだった。

霊力が足りない分は大量の命を燃やすことでおぎない、曾祖父の関心を呼び起こして、神にも等しい力で奇跡を起こしてもらうのだ。

たとえば、箱根の四神を支配下におさめようとするならば。

何十年分の寿命をごそりと失うのか？　六〇年、七〇年、あるいはもっと……。

「嗚呼――！」

今度は死への恐怖ゆえに、体が震えはじめた。

しかし、それでも負けたくない、負けられないという想いが――ある。だったら、あの法を使う以外の道はない。

かつて招来された復活者を傘下に加え、東京の守護者として本分を尽くさせる。

そのための呪儀があり、それを自分は知っている……。

「南無八幡大菩薩……今、皇祖の御名のもと、皇国日本の女皇は神咒を説き、護国霊験の大自在神通を欲します――」

歴代女皇の間でのみ、口伝される叡智がいくつかある。

そのうちのひとつだった。国家存亡の折にのみ、心して行使せよ。その注釈を思い出しつつ、照姫は禁断の口訣をささやいていった。

「貪狼、巨門、禄存、文曲、廉貞、武曲、破軍——北天の七星と天龍の兄君よ。皇国守護のための道筋をわたくしになにとぞ指し示し給え」

一心不乱に照姫は祈った。

「今こそ将門の《銘》をおあずけいただきたく、お祈り申し上げまする……」

2

「これが英国製の人形細工か。よくできている」

等身大の人形を見つめて、竜胆先生がうなった。

身長一五〇センチ。応接間の椅子にすわらせている。白人少女を模した人形なのだが、おそろしく精巧だった。生きた人間かと見まごうほどである。

「人に近い形であるほど、霊を呼びこみやすい。だが、そのためにここまで造るとは、英国軍の連中もたいしたものじゃな」

天使のごとき繊細な美貌。夢見るような青い瞳。

金髪のショートカットにベレー帽をかぶり、海兵服を着ている。

白い頰を軽くたたけば、『こんこん』と音が鳴る。白磁のごとき、ではない。本物の白磁の白さだった。陶製なのだ。

「富士鎮守府を維新同盟から奪還したとき、確保したのです」

手に入った経緯を志緒理が語る。

名古屋陥落の直後に征継が富士を攻めた——あの夜の戦利品だった。

「念導神格《モルガン・ル・フェイ》が使用していたものと、確認も取れています。今は研究のため、ここ駿河鎮守府の念導士寮であずかっている形です」

「こんな出来物、日本にはないからな」

感心しつつ、竜胆先生は精霊モリガンの依代をいじりまわす。

首・肘・膝の関節のみならず、手首や手足の指まで動かすことができる。目も閉じる。人間サイズのアクションフィギュアという呼び方は俗に過ぎるか。

ともあれ、征継も感心した。

「エドワード王子の供をする精霊……あの霊がらみの装備とは聞いていたが、ここまで無駄に造りこんでいるとは思わなかった」

「まあ、たしかに。征継どののお言葉にも一理ある」

立夏が微苦笑して、うなずいている。

「日本の精霊は実体なしのイメージ映像を投影しているだけです」

「無駄ではないぞ。これだけの人形ならば、精霊の方も憑依状態の維持がだいぶ楽なはずじゃ。霊を呼びこみやすいから、憑く際の面倒もすくないだろうしな」

武将ふたりの浅慮な感想、竜胆先生は一蹴する。

「ほれ。この駿河鎮守府を守っていた精霊、だいぶ参っていたじゃろう？」

「咲久耶ですね。なるほど。ああなるのを防げるのですか」

　立夏はうなずいてから、童女の見た目を持つ念導精霊に訊いた。

「ところで、竜胆老師のお体は生身である……ということでよろしいのですか？」

「うむ。わしこそが最上位の念導神格《伏龍》の名代。そこらの三下精霊といっしょにするなよ。我が身は完全に生身であり、じゃからこそ酒もたしなめる」

　今、征継は竜胆先生、志緒理、そしてひさしぶりに会う立夏と共に、駿河鎮守府の応接間のひとつにいる。

　橘征継は昨日、皇女志緒理と共に駿河へ帰還したのである。

　ここ駿河市は新体制の東海道将家において、州都という位置づけである。

　だが、それは維新同盟に奪われたままの駿河以西——掛川、浜松といった静岡エリア、そして〝真の州都〟名古屋を擁する愛知エリアを奪還するまでの臨時措置だった。

　奪われた領土をそのまま引き渡すつもりはない。

　ゆえに、新総督はあえて駿河市で起居し、ここを活動拠点と定めた。

　いまだ維新同盟の勢力下にある掛川市と掛川鎮守府から、いちばん近い鎮守府が駿河にあるからだった。いわば最前線である。

　橘征継をのぞけば、東海道随一の騎士侯でもある新総督・秋ヶ瀬立夏。

　彼女は総督の身分にありながら最前線の地方都市に身を置き、有事には自ら剣を取って戦う気概の持ち主なのだ！

「……と、州民にアピールするためのパフォーマンスです。何かと劣勢の我が将家では、人気取りは重要な施策となりますので」

「勝っているときよりも劣勢のとき、そして負けたときこそ人気取り――ですね」

共に政治にかかわる者同士、立夏と志緒理が語り合う。

どちらも一〇代女子にしてはやや腹黒い。しかし、彼女たちのような立場では、それはむしろ長所となりうる。

「総督である私が率先して苦労しているところを見せれば、ストレスを貯めこんでいる州民も文句を言いにくい……そういう姑息な計算もあります。私に万一のことが起きたら、甲府に移った父を現役復帰させればいいだけです」

女傑らしく、さばさばと立夏は言う。

総督位を継いだあとだが、前と変わらず軍服を着ている。鬼切安綱の銘刀も腰に下げたままだった。秋ヶ瀬立夏はあくまで武将――これも自己演出の一環らしい。

「そういえば」

昨日、帰還後すぐに駿河市を視察した志緒理は言う。

「駿河の雰囲気……やはり、すこし緊張気味ですね」

かつて、ここ駿河鎮守府には一～二名の騎士侯しかいなかった。が、今は立夏をはじめ七名の騎士侯が集い、支援部隊の兵員と装備も大きく向上している。

そうした軍拡の影響か、市民も余裕がすくない。空気がぴりついている。

軍事施設以外を攻撃の対象とすることは騎士道協定によって禁じられているが、なんだかんだ言って、駿河鎮守府は市街から近い。ときに流れ弾も飛んでくる。空戦でレギオンが墜落すれば、それ相応の被害も出る。

秋から戦闘続きである分、駿河市民もよくわかっていた。

そして、不満がつのりやすい時期こそ、そこから目をそらせたい。だから人気取りにつとめ、景気のよさを演出する……。

「もっとも、ふもとの学校にそういう小細工は必要なさそうです」

「ああ。学園祭、なかなかにぎやかにやっているそうだな」

くすりと笑った立夏へ、征継はうなずいた。

自分たちの通う臨済高校は駿河鎮守府から結構近いのだ。戦時であるため開催を自粛しようという声もあったそうだが、所詮は校内行事、やってしまえとの声が生徒間で主流派となったため、無事に開催へとこぎつけられた。

これから、関係者一同で顔を出す予定であった。

「ところで姫。どこの売店に行けば缶ビールを買える?」

「先生。子供の頃から皇女として暮らしてきたわたくしでも、高校の学園祭でアルコール類を販売しないことは想像がつきます」

師からの質問に、皇女殿下がにべもなく答える。

日本国の皇女、東海道総督、新撰組副長という怪しい肩書きの復活者、そして和服姿の竜胆先生――。

目立つだけでなく、肩書きも豪華なメンバーは早々と校内に移動していた。

駿河鎮守府から臨済高校まで、車で三〇分程度で着いてしまった。尚、志緒理は凜然と答えたあとで、念のためとばかりに確認する。

「……ですよね、征継さま？」

「ご安心ください。姫のおっしゃるとおりです」

「殿下。最近は大学の学園祭でも酒類の販売を規制していると仄聞しました」

「そうでしたか。ご教示ありがとうございます、立夏さま」

「むう。たまには具のすくない屋台の焼きそばでもつまみに、ちびちび缶ビールを飲んでやる計画だったのじゃが。かくなるうえは……」

「もちろん外からの持ちこみも禁止のはずですよ、先生！」

「ちっ」

学園祭二日目の午前一〇時半。

この四人組で校門をくぐり、校舎玄関口のまわりをふらふら歩きまわっていた。

屋台風の出店が十数軒もならんでいた。学生服を着た一〇代の男子女子でとにかくにぎわっている。臨済高校だけではなく、他校の制服姿もちらほらと見かけた。

今日は火曜日。平日である。

だが、ここ東海道では州の創設記念日で休日なのだ。

大学などとちがい、さすがに高校の学園祭に一般客の来場はすくない。が、交流のある他校からの訪問客は決してすくなくなかった。

そうしたにぎわいのなか、この四人組はとにかく人目を惹（ひ）く。

最近はテレビでも顔出ししている東海道の重鎮（じゅうちん）ばかり。和服を着た竜胆先生の〝只者（ただもの）ではない感〟もすさまじい。

これが芸能人などであれば、すぐに取り囲まれて、人だかりができるところだが。

学生たちは志緒理と立夏が貴人であることに配慮したのだろう。すこし距離を取りつつ、好奇・親愛・敬意などの視線を投げかけるだけで自重してくれていた。

まあ、立夏と征継が腰に下げる『日本刀』のプレッシャーゆえかもしれないが。

ともあれ、四人はゆるゆると学園祭の風景を眺めつつ、足の向くままに歩きまわり、やがて校舎の壁に掛かった大時計を見て――

「そろそろ頃合いじゃ。行くぞ、橘よ」

「わかった」

竜胆先生に声をかけられて、征継はうなずいた。

〝こんてすと〟とやらの前にすこしつきあえ。そう言われていたのである。

「征継どのたちはたしか、久能山（くのうざん）へ行かれるのですね？」

「はい。竜胆先生に何かお考えがあるようです」

　立夏に問われて、志緒理はうなずいた。

　二日前、箱根で〝橘征継を招来したときの状況〟を聞いて。先生はいろいろと察したらしいが、詳細を教えてはくれなかった。

『まだ……話せる段階ではない。事情がもうすこし明らかになったら、姫にも子細を教えてやろう。まずは橘めを久能山の——東照宮へ連れていく』

　とのことだった。

　久能山東照宮。あの山の頂にある、徳川家康ゆかりのお社である。

「ところで立夏さま」

　志緒理は話題を変えた。

「わたくしと征継さまが箱根を去った件で、何かクレームなどは……」

「それがおかしなほどにありません。そもそも女皇陛下の一派はこの一週間ほど、志緒理殿下が箱根の四神を——許可なく支配していることが僭越であるとか、妙な理屈で文句をつけていたというのに」

　人の悪い微笑を立夏は口元にひらめかせた。

「箱根という難所をいきなり投げわたされて、逆に参っているようです。急すぎて城代にする騎士侯の選定もままならないとか」

「まあ、おかしな話ですね」

くすっ。志緒理が笑えば、立夏もにやりという人の悪い微笑で応えた。

こういう腹黒い話題でいっしょに盛りあがれる同性の仲間、実は秋ヶ瀬立夏がはじめてであり、なかなか新鮮な心地よさがあった。

しかし、つい志緒理は――訊ねてしまった。

「あの。立夏さまはどうして急に……コンテスト参加を決められたのでしょう？」

「そ、それはその、あれです。征継どのにどうしてもと頼まれたことがきっかけで！」

「まあ、征継さまが」

「はい。ミスコンなどという軟派なイベント、私の好むところではないのですが」

「わかります。立夏さまのご気性には本当にそぐわない――柔弱で、軽佻浮薄も甚だしい催し物ですものね……」

「はい。学生たちはこぞって志緒理殿下に票を入れることでしょう」

「そんな。わたくしなどよりも、観客のみなさまはむしろ立夏さまにこそ投票する気がいたします。やはり、ご当地・東海道の総督であらせられますし」

「それを言うなら、志緒理殿下の方こそ皇国日本の皇女であらせられる」

「いえ、わたくしなどは本当に……」

「いやいや。私など、見てのとおりの武辺者で……」

ミスコンの順位は事前投票、そして見物客の投票を大急ぎで集計して、後夜祭で発表されるという。ふたりで譲り合いをしつつ、ふと志緒理は思った。

もしミスコンで——自分よりも向こうの方が本当に得票数で勝ってしまったら。

なかなか厄介な事態になるような気がした。

皇国皇女と将家令嬢の間に、すこし微妙な『人間関係の綾』という陰影が刻みつけられるのではないか。そういう不安がこみあげてきた。

そして、立夏の方もその可能性にいまさら気づいたという風情で。

表情をほんのすこしだけ曇らせていたのである。

3

駿河市の東の端に、有度山と久能山が縦にならんでいる。

どちらも標高三〇〇メートル程度の里山である。が、駿河南東部では最も高みにあり、この高台を指して『日本平』とも呼ぶ。

臨済高校を出たあと、征継と竜胆先生は久能山の南側に徒歩で向かった。

こちらからは石段で山頂まで登れるようになっている。

ただし、その段数は一一五九段。苦労の末につづら折りの石段を制覇すれば、その先に待つのは久能山東照宮——。かの有名な日光東照宮と同じく、天下人・徳川家康の肝いりで建立された神社であった。

「思っていたより派手なところだな」

一〇〇〇段以上を登ってきても、体力自慢の征継は息も切らしていなかった。

現在位置は一一五九段もあるという石段の終点近く。ここに来て、いきなりド派手な——赤い建物が出迎えてくれた。

全て木造なのだが、柱や壁をあざやかな赤で塗りあげたものばかり。

家康の神号『東照大権現』の扁額をかかげた門、鐘楼、倉庫、さらには拝殿・石の間・本殿など神社の社殿一式もおおむね赤い外観だった。

古い木造建築は辛気くさいという先入観を鼻で笑うような派手さだった。

「なんじゃ。久能山の社は初めてか」

「地元の高校生が来る用事はそんなにないからな」

「神君家康公の故地だというのに、不信心なことじゃな」

精霊だからか、やはり竜胆先生も息ひとつ乱していない。

ふたりでてくてくと石段を登ってきたのである。一一五九段のほとんどを踏破してきたのだが、まだすこし段が残っている。先生いわく『終点にある奥宮が目的地』なので、もうすこし進む必要があった。

「なんなら観光してきてもいいぞ。その間、わしは社務所で御神酒をせびってくる。のどが少々かわいてきたのじゃ」

「このあとはミスコンの本番だ。時間がないから今はいい……ん？」

話しながらも石段を登りつづけるふたり。

が、妙なものを見つけて、征継は足を止めた。板張りの壁が例によって真っ赤に塗られた小屋だった。奥に――大きな白馬の像があった。

馬である。ほぼ本物と同じサイズ。素材は木。白い木馬なのだ。

「こんな置物がどうして？」

「ここは神厩……神君家康公の厩じゃ。その昔、兵と馬こそが武将たる者の力そのものであった。今の世のレギオンと同じよ。海道一の弓取りといわれた御仁を祀る社なれば、おかしくはあるまい」

「そういうものか」

「日光の東照宮にも似たような厩があるぞ」

「どちらも徳川家康が建てた神社……で、いいのか？」

「すこしちがう。家康公は亡くなる前、こう命じられた。『我が骸は駿河国の久能山に葬り、一年ののちに下野国の日光山に勧請せよ』と」

勧請。この場合は〝神として祀る〟という意味だろう。

「かくして久能山と日光、ふたつの地に東照宮が生まれた。どちらも家康公の没後、遺志を託された者が建てたのじゃな」

そういえば、東照宮の名を持つ神社は日本各地にあるという。

いずれも家康の死後、『神君』となった彼を崇めるために築かれた――。以前、小耳にはさんだ話を思い出したとき。

ふと征継は気づいた。今の話からすると、つまり。

「ここに埋葬された家康の遺体は……まだあるのか？」

「そうだと言う者もおる。ひそかに日光へ運ばれたと言う者もおる。どちらが正しいかは、今となってはわからぬし——どうでもいいことじゃろう」

竜胆先生はにやりと、いたずらっぽく笑った。

「わざわざ墓を暴いてまで、たしかめる話ではないからな」

ふたりはいつのまにか、境内のいちばん奥まで来ていた。

やたらと目立っていた赤色はもうない。苔むした石の鳥居、石灯籠などが立ちならぶ——くすんだ色合いの空間だった。

そして、最も奥まった辺りに石垣を積みあげ、小高い壇を造ってあった。

そこに立つ高さ五メートルほどの石塔。円筒型をしているが、てっぺんの方は五重塔の屋根のような形だった。竜胆先生がそれを指さす。

「奥宮御宝塔……あの下に家康公は埋まっているとも聞くが、さてどうだか」

「この場所のいわくはわかった。だが、俺を連れてきた理由は何だ？」

長々とつきあえるほど時間の余裕はない。

単刀直入に訊いた征継を、童女の姿の先生は真正面から見据えた。

「安心しろ。用事はもう済んだも同然だ。神君家康公の墓所も同然であるここ、ここそが駿河で最も尊き神域よ。この浄められた地でなければ視えないものを、これから視る」

言われて、征継は納得した。

実は御宝塔の近くに来たときから、思っていたのだ。まるで強い意志を持つ何者かがこの地を陰から見守っているような——そういう奇妙な念を感じていたのである。

「わしは今、見てのとおりの小娘。《伏龍》と呼ばれた頃の本領を失っておる。気の利いた神通力を使いたいときはこの手の神域に助けを請う必要がある……」

つぶやく竜胆先生の眼球、一瞬にして赤一色になった。

白目であるべき部分までふくめて、禍々しい鮮血の色に変わったのだ。そのうえで先生はおごそかにうなずき、ぼそりと言う。

「なるほど……やはりそうか。のう橘」

真っ赤な霊眼を征継に向けて、先生は問う。

「おぬしはなぜ、己が記憶を失ったのじゃと思う？」

「その方が姫の負担——命を削る量がすくなくなるからではないか？　前に記憶の断片を見たとき、俺はそのように感じた」

「当たりじゃ。ただし、半分だけな」

「半分だと？」

「ああ。夷狄を以て夷狄を討つ。武家を以て武家を制す。獣を以て獣を狩る。猟犬を飼うなら首輪は必須……。つまり、そういう理屈じゃな」

なぞなぞのような竜胆先生の言葉を聞いて、考えること暫し。

四〇秒ほど経ってから、征継はうなずいた。

「記憶喪失は——俺に好き勝手をさせないための足枷ということか」

「いかにも。橘征継と呼ばれる者は記憶を失ったのではなく、封じられた。前世そのままの状態で甦らせるのではなく、なにかしらの泣きどころをあたえておいた方が——御しやすくなるという理屈でな」

「…………」

「知っているか？　禿げ頭のカエサルどのも、西欧の覇者カール皇帝も復活した当初はおとなしく、己を甦らせた者たちに協力的じゃったという。が、ある日、唐突に袂を分かち、我が帝国を建設するために覇道を進みはじめたのだとか」

「天龍公がそういう配慮をされたのか？　姫のために？」

「いいや。そのための呪儀を……夢という形で姫に教えた連中がおる」

「だとしたら朗報だ」

唇の端を曲げて、征継はうすく笑った。

「竜胆先生。そこまで知っているのなら、その妙な仕掛けをした連中の居場所も見当がつくのだろう？　是非ご教示願いたい」

「文句をつけにでも行くか？　よくも記憶を奪ってくれたなとでも」

「そこは正直どうでもいい」

「ほう」

「記憶がなくても、今現在の俺はなかなか快適に暮らしているからな」

「たしかに、今もミスコン云々ではしゃいでおるしのう……」

「だが、俺の——本当の名をなんとしてでも聞き出す必要がある。俺がもともと持っているはずの力を取りもどすために」

淡々と征継はつぶやいた。

そう。中世ヨーロッパや古代ローマの英雄たちにも劣らぬはずの力を。

数奇な巡り合わせによって邂逅を果たした大敵たちに正面切っての対決を挑み、麗しき主君に勝利という成果を捧げるために。

「記憶を取りもどした結果、おぬしが卒然と野心にめざめたらどうする？　そうして姫のもとを離れ、皇国日本にさらなる戦禍をもたらしたら？」

竜胆先生はちらりと御宝塔を見やった。

「ホトトギスが鳴くまで待つような御仁なら……そんな丁半バクチは軽はずみに打たぬはずじゃぞ。さて、わしらの姫はなんとおっしゃるか」

「言われてみれば、たしかにそうかもしれん」

先生の言い分に納得しつつも、征継はぼそりと言った。

「だが、そこは心配しなくてもいい気がするぞ」

「なにゆえ？」

「自慢にならんが、カエサルほど人生を謳歌する甲斐性、俺にはなさそうだからな。国を興すことにも、出世や栄達にも興味はない。いくさをしろと命じられれば、もちろん全力で戦う程度の勤労精神はある方だと思うが——まあ、そこまでだな」

「…………」

「それ以上の苦労を背負いこむほどの器量も真面目さもない。今のようにときどきミスコンでもして息抜きできるくらいの身分がちょうどいいところだろう」

征継は思うところを忌憚なく語った。

そもそも復活者として覚醒を遂げる前、橘征継はそこそこ凡庸な男子学生として臨済高校のなかで埋没していたのである。桁はずれの野心や情熱をもてあますでもなく、ほどほどに人生を謳歌しながら。

「まったく妙なやつじゃ」

延々と登ってきた石段を降りて、橘征継が下山していく。

その後ろ姿を奥宮御宝塔のそばで見送りながら、竜胆先生は肩をすくめた。ここを去る前、皇女志緒理の騎士は言った。

『俺の記憶を封じた連中のこと、姫のご判断にまかせることにしよう。……もうミスコン本番まで時間がない。俺は行くぞ』

なんともマイペースな言いぐさであった。

竜胆先生は苦笑いして、思い出した。初対面のときに視えた彼の本性を。

「帝王の狗、か。たしかにそうなのかもしれん」

命じられるまま地の果てまで走り、獲物を持ち帰る猟犬。

あの男の本性がもし本当にそういう類のものであれば、そんな英傑を引き当てた皇女志緒理の強運を讃えるべきか。あるいは、祖父・天龍公が孫娘への情愛ゆえに、わざわざ史上最高峰の狗をあてがってくれたのか。

「いずれにせよ、バクチを打つか否かは……やつの言うとおり姫の裁量次第」

今度は石の御宝塔をちらりと眺めて、つぶやく。

ここ久能山東照宮に遺された、墓標ともいうべき御印である。

「皇国史上で最もゆたかなる霊能を持つ姫君が〝大御所どの〟よろしく『鳴くまで待つ』道を往くか、あるいは『鳴かせてみせる』か。ここが最初の天王山というところじゃな」

4

たたっ。

臨済高校の廊下を、白い小動物が軽快に駆けていく。

ちょうど手のひらに乗せられる程度のサイズ。だがネズミではない。管狐。皇国日本の軍で用いられる小型随獣だった。

本来、一般の学校施設で見かけるような代物ではないのだが。

いぶかしむ者はいなかった。校内は今、学園祭なるイベントの真っ最中であり、十代の学生たちであふれかえっていた。

足下をちょろちょろ駆けまわる管狐に気づく生徒など、ほとんどいない。

また気づいたとしても、管狐の動きは速い。軍用の随獣などとは見抜けず、ネズミがうろちょろしているなと眉をひそめるだけだっただろう。

そして、少年少女ばかりの喧噪のなかを、管狐は駆け抜けていく。

ある人物を探し出す――。実は、それがこの随獣に託された使命であった。

ゆえに、ただ闇雲に走りまわるのではない。効率よく任務を遂行するため、管狐は強い念の集まる場所を探していた。目当ての人物はおそらく、この界隈で最も強大な念力を持っているはずなのだ。

やがて、管狐はある場所にやってきた。

講堂である。入り口の前で、男子生徒が大声で叫んでいる。

「ミスコン会場、ただいま入場規制中でーすっ！　整理券を持ってる人だけ、スタッフに声をかけて、なかに入ってくださーいっ！」

見れば、講堂出入り口のドアは固く閉ざされていた。

だが、あきらめきれないのか。この建物を取りまくようにして百名以上の生徒たちがたむろしている。男子もいれば女子もいた。しかも、そこには他校の制服を着た学生まで混ざっていた。かなりの人気イベントらしい。

講堂からは、にぎやかな音楽と歓声が洩れ聞こえてくる。

また、管狐の超感覚は講堂内部でうずまく念の強大さも察知していた。


たたたたっ。

管狐は小さな体を活かして、講堂の内部に忍びこんでいた。

ステージ上では『臨済高校ミスコンテスト』という軟派なイベントが開催中だ。ここに居ならぶ少女たちから、校内一の美少女を投票で選ぶという。

この講堂、なかなか立派な造りだった。

映画館よろしく二、三百ほどのシートが設置されている。それらは全て男女の高校生たちで満席。そのうえ立ち見の観客も大勢いた。

おそらく、本来の定員の一・五倍以上は集まっているだろう。

そして、ステージ上の女子生徒たち。

一二名いる。皆、アジア諸地域の民族衣装を身につけていた。これは仮装、ということでよいのだろうか？　そうする意味がわからない。

（検索……開、始）

管狐を念で操る者は、ひそかに軍用データベースと交信した。

（日本のミス、コンテストでは……夜会用のドレス、婚礼衣装など、しばしば非日常のコスチ

ユームを身につけ……アピール材料、とする。了、解）

女子たちがまとう衣装は多彩でカラフルだった。

日本の振り袖や浴衣。

中国の漢服、チャイナドレス。

そのほかにもサリー。チマ・チョゴリ。チャドル。さらには数珠に似たネックレスを幾重にも首からかけ、赤系統の華やかな色でまとめたチベットの民族衣装などなど。

どの服も丁寧な仕立てで、趣向に富んでいた。

それを着る女子たちの方も華やかである。

まあ、個人の嗜好にもよるだろうが、いずれも『なかなか可愛らしい』と評する分にはさほど良心もとがめない容姿の少女たち――なのだが。

うち二名だけが、突出して目立っていた。

理由はかんたんだった。ふたりとも『あ、うん、結構可愛いよね』などとお茶を濁さずともよいほどの美貌であるからだ。

しかも、自然と衆目を集めてしまうオーラめいた何かまでまとっている。

それはおそらく、人前に立つことが当然の環境で育ったがゆえの落ち着きであり、若さに似合わぬ見識と意志の強さを持つからこその風格であった。いっしょにステージ上にいる女子たちがどうしても色あせて見える。

まあ、この二名ばかりが目立つ理由。

知名度もあるのかもしれない。検索するまでもなく、管狐を操る者も承知していた。有名人なのだ。だが、ふたりの少女が素材だけでも他の参加者を大きく引き離している事実は――数分間ステージを観たただけでもすぐにわかる。

（東海道の新、総督……秋ヶ瀬立夏。および、皇国日本の皇女。藤宮、志緒理）

秋ヶ瀬家の騎士姫は公の場に出るとき、常に軍服姿であった。

が、今日は――和装だった。

白地にうすい青色の花模様を細かく散らした着物である。しかも、漆黒のロングヘアを結いあげている。いつも凛とした雰囲気の秋ヶ瀬立夏だが、こんな格好をすると『粋でいなせな女親分』とでも言いたくなる。

そして、藤宮志緒理。

こちらはベトナムの女子用学生服・アオザイを着用していた。

色はうすいピンク。体にぴったりと張りつくことでも有名な民族衣装である。

皇女のわがままに成長あそばしたスタイルのみごとさゆえに、はっきりとした凹凸が形成されている。それでいて、さわやかで清楚な印象が強い。この辺はやはり、歳若い少女たちが着る前提でシンプルに作られているからだろう。

（検索……終了。皇女志緒理は、私立臨済高校の、生徒である。いささか軽率であるにせよ、ミスコンテストに参加する理由……十分に、あり。が、秋ヶ瀬立夏に学籍はなし。彼女が参加するわけ――推測不能。精査、を必要とする）

和服を着た秋ヶ瀬立夏と、アオザイを着た藤宮志緒理。

このふたり、そろって参加者たちのいちばん端に立っているのだが。

観衆の視線は明らかにそちらへ寄っていた。ほか一〇名の女子が壇上で司会役の男子学生にインタビューされたり、自己アピールのスピーチをしているときでさえ、そうだった。

ちなみに。

壇上でマイクを渡されても、総督と皇女はひかえめだった。

観客へ向けて、冗談めかした口調でさらりとコメントするだけなのである。

「今日はお祭りの余興だと聞いて、すこし遊んでみることにした」

「学園祭のプログラムに——わたくしや立夏さまの名前は出ていないはずなので、みなさまもこのことはあまり口外されないでくださいね。……学園祭にいらした方々はほとんどご存じだそうですけど」

「殿下。まあ、そこはこの場だけのおふざけということで」

「ふふふふ。みなさま、お聞きになりましたか？　東海道将家の頂点に立つ御方から直に釘を刺されたのですよ？」

そんなやりとりを壇上で交わすだけで、司会者にマイクを返してしまう。

だが、それだけでも講堂いっぱいの観客はわっと笑い、大きく盛りあがった。ほかの女子たちとは役者がちがう。

さらに、この数十分後。

ステージから女子たちは一回退場し、衣替(ころもが)えをして、もどってきた。

水着の披露(ひろう)である。すこし前までと同様、総督と皇女は参加女子の列の端っこに立っていたのだが——高貴の生まれである彼女たちも水着姿だった。

秋ヶ瀬立夏は黒、そして皇女志緒理の方は白のビキニスタイルである。

ふたりとも同色のパレオを腰に巻き、花の冠(かんむり)を頭に付けていた。どちらの少女も人並みを遥(はる)かに超える水準のボディラインを完備している。

将家総督は一切悪びれず、ファッションモデルのように自らをさらけ出していた。

対して、深窓(しんそう)育ちであるはずの皇女殿下はその身分にふさわしく、なんとも恥ずかしげな風(ふ)情(ぜい)で身をすくませつつ、水着という薄布だけの姿を見せつけてくれていた。

——おおおおおおおおおおおっ！

——おおおおおおおおおおおおおっ！

——おおおおおおおおおおおおおおおっ！

彼女たちの再登壇をもって、観客のボルテージは最高点まで登りつめた。

(あのふたりが、ここにいるのなら……おそらく、どこかに彼も——)

じっと立ち止まり、ミスコンのステージを見つめていた管狐。

だが、寄り道をしてしまったとばかりにふたたび動き出す。小型随獣を操る者がふと我に返り、管狐をもともとの任務に復帰させたのである。

「すごいよねえ。学祭のプログラムにはおふたりの名前、一切出さないで」

最高潮に盛りあがったステージの裏。

ミスコン実行委員の控え室で、生徒会副会長・小此木泰世は言った。

「口コミだけで『ご参加されるかも』ってうわさを広めたら、この大混雑。志緒理さまと総督閣下の神通力はとんでもないよねえ。ただ……」

「何か問題があるのか、泰世？」

不安そうな友人へ、征継は声をかけた。

パイプ椅子に腰かけて、土方歳三より受け継いだ銘刀・和泉守兼定を手にしている。鞘に入れ、切っ先を床に押しつけて、儀仗のように持っているのだ。

また、この場の総監督というべき征継は一〇名近いミスコン実行委員にかこまれていた。陣中で采配を振るう戦国武将さながらの雰囲気である。

「ねえ征継くん。ステージが終わったら、投票がはじまるでしょう？」

「ああ。このあとから後夜祭までの間、うちの生徒と他校の生徒に『最も魅力的だと思った女子の名前』を投票箱に入れてもらう」

「それって、匿名希望の女子ふたりのワンツーフィニッシュで――」

「終わるはずだな、まともにやったら」

「あのおふたりに優劣とか付けるの、いくらお遊びでも大丈夫かな？　それにほら、あそこまでやんごとない方々とくらべられる一般女子にも悪い気が……」

「まあ、たしかにな」

友の危惧するところを悟って、征継はうなずいた。

「皇女殿下と立夏どのはあくまで飛び入りの乱入者あつかい……という建前だ。当然、おふたりの名前が投票用紙に書かれていても、無効票とするのが筋だろう」

「じゃあ、あのおふたり以外で優劣を競う感じで」

「処理するのが、妥当な落としどころだと俺は考える」

「了解。それを聞いて、安心したよ」

征継のアイデアを聞いて、泰世はようやく安堵の表情を浮かべた。

それにしても、来場者の数は予想を超えるほどだった。一週間ほど前から『皇女殿下がミスコンに参加される……らしいぞ』とうわさを流させただけなのに。

征継は心から満足して、深くうなずいた。

これも皇女と立夏の——抜群のタレント性があればこそ、だろう。


……尚。

さすがの征継も気づいていなかった。この控え室の床を『たたたたっ』と懸命に走り抜けていく管狐がいたことを。

講堂のステージを見つめる生徒らはさかんに歓声を上げている。

小型随獣の気配を察知するには、少々にぎやかすぎる環境だったのである。

5

大英帝国軍の念導精霊(ジーニー)モリガン。

念導神格(イフリート)《モルガン・ル・フェイ》の分身にして、歴戦の勇士である。

豊富な実戦経験に加えて、英国軍屈指(くっし)の念導力(ねんどうりょく)を所持する。人間たちと行動を共にするときは英国製の等身大人形に憑依(ひょうい)する。

しかし、今回。

彼女が憑依した人形は——英国軍の陣中にはなかった。

東海道将家(しょうけ)の臨時州都、駿河(するが)市。この地を守護する駿河鎮守府(ちんじゅふ)の応接間である。ここで精霊モリガンの依代(よりしろ)は椅子に腰掛けていた。

いつもどおり、海兵服(セーラー)とベレー帽という格好であった。

「管狐(くだぎつね)……リリース。遠隔、操作を停止する」

日本の小型随獣(ずいじゅう)との間に構築した念波(ねんぱ)結合を、モリガンは解除した。

すでに目的は果たしていた。橘征継(たちばなまさつぐ)の所在地を確認し、まちがいなくここ駿河市にいると確証を得られた。

地元の高等学校にいる彼の姿、管狐がたった今、発見したばかりなのである。

影武者(かげむしゃ)などではないことも、モリガンの念導術で確認済みだった。

「……富士、鎮守府で奪われた二号機が――こんな形で、役立つとは」

念導精霊は概して、情感ゆたかとは言えない種族である。

だが、このときのモリガンは意外な想いに突き動かされて、珍しくしみじみとした口調でつぶやいていた。

依代の人形二号機が富士市ごと奪われたのは、三週間前だった。

その後、東海道軍は外部から霊体が侵入できないよう、二号機に念導術で封印を施した。モリガンほどの猛者であれば、箱根や伊豆からでも念波を飛ばして、依代を操ることも問題なく可能だと判断したのである。

しかし、モリガンの念導力を見誤ってもいたのだろう。

英国軍でも屈指の猛者である念導精霊は三週間、箱根や伊豆から念波を毎日二号機に向けて投射し、その保管場所が駿河市であること、徐々に封印がゆるみつつあることも把握していたのである。

そして今日、伊豆の長浜鎮守府から二号機への憑依を試みた。

駿河市で情報収集を行うためである。にわかには信じがたい『橘征継および藤宮志緒理、箱根の関より去る』という情報がもたらされたのだ。

諜報員よりも、モリガンの念導術の方がこういうときは迅速かつ確実だった。

駿河で起動した二号機はここ、鎮守府内の応接間にいたのだが。いきなり強力な念の残滓を感じとった。ほんの数十分前まで、騎力にすぐれた騎士侯が何人もこの部屋に集まっていたというような……。

あとは比較的かんたんだった。

鎮守府内をうろついていた管狐を鹵獲し、コントロール下に置く。

藤宮志緒理、橘征継といったＶＩＰの現在位置を管狐に検索させた結果、私立臨済高校という地名が出てきた。さっそく小型随獣を現地へ送りこみ、強度の念をたどらせたところ、ついに学生の遊びに興じる東海道の重鎮たちを発見し――。

「これ以上……敵鎮守府内にとど、まる、ことは危険。離脱開……始」

モリガンは二号機から霊体を離脱させた。

ここ駿河から伊豆の長浜鎮守府――エドワード王子が当座の本拠地とした地まで、霊体として飛翔すれば、一時間もかからずに帰還できるのだ。


「駿河にいたか、橘どのが」

「はい、王子殿。本人である、ことも、確認しました」

高級士官用のカフェラウンジで、モリガンは上官へ報告した。

今、エドワード王子と向き合う依代は来日当初から使用している人形一号機である。

「ということは……。興味深い状況だよ、実にね」

ひっそりとつぶやいて、大英帝国の黒王子は沈思をはじめる。

透視能力者のごとき洞察力を誇る彼は数十秒後、くすりと微笑み、隣の席で昼間から赤ワインをたしなんでいた人物へ言いわたす。

「かねてから想定していた展開になりつつあるようです。伯父上。例のお願いを覚えておいでですか？」

「皆まで言うな。己が騎士たると証明できる好機を逃す余ではないぞ」

にやりと豪放に笑って、赤い酒杯を軽くかかげる。

その姿が鮮烈なほどに似つかわしい豪傑の名は——もちろん、獅子心王リチャード一世にほかならなかった。

第四章

CHRONICLE LEGION 4

リチャード推参

1

「り、立夏さまったら将家総督の地位にありながら、このようなイベントに堂々と出場なさるだなんて……」

ミスコン終了後、志緒理の頬はほんのり紅潮していた。

控え室代わりの空き教室で、着替えを済ませたところだった。恥ずかしさを隠すため、今さらながらやや八つ当たり気味に言ってしまう。

「すこし軽率ではありませんか。もっとお立場を考えていただかないと」

「姫よ。身分をとやかく言うのなら」

竜胆先生がぼそりと口を開く。

「畏れ多くも皇国の皇女殿下であらせられる御方が真っ先に参加された点にこそ、問題の根があると言わざるを得んな」

「そ、そのことはおっしゃらないでください！　本当に恥ずかしかったのです！」

「そうなのか？　壇上で演説ぶつくらい、お手のものじゃろう？」

「そちらはなんともありませんが、水着でステージに上がるなんて二度といたしませんっ。今回だけ、特別に、征継さまとの約束だから、ああしたのです！」

「ま、あやつの雇い賃と考えれば、ずいぶん安いとも言えるがな」

志緒理と竜胆先生、ふたりきりであった。

この控え室、厳重に鍵を閉め、全ての窓にカーテンを降ろしている。

学園祭の期間中は無人となる棟にあり、しかも、この棟を現在使っているのは志緒理ひとりだけだった。皇女の身分ゆえに配慮されたのだ。

棟内をうろつく不審者がいれば、すぐに念導術で察知できる。

付き添い兼護衛役として竜胆先生もいる。傍目には無防備に見えるだろうが、十分な備えをしている志緒理だった。

だから、竜胆先生にいきなりこんな話題を振られても問題なかった。

「さて。わざわざ久能山に登った顛末、話しておくとしようか」

「……うかがいます」

居住まいを正した志緒理の前で、先生は語りはじめた。

橘征継の失われた記憶、それはさる呪法によって封じられたものであり、それを藤宮志緒理に伝えた者たちがいる……。

「姫よ。橘征継の言うとおり、その連中に会うか否かは姫が裁量すべきこと――」

「会いましょう。是非、ご紹介ください」

言下に志緒理は言い切った。即答だった。

さすがの竜胆先生も目をぱちくりさせて、驚いた。

「もうすこし熟慮すべきじゃと思うぞ。橘征継……と呼ばれている男が記憶を取りもどしたあとも、姫の猟犬として戦ってくれるかは定かではない」

「たしかにおっしゃるとおりですが」

すでに十分、考えは巡らせている。志緒理はよどみなく答えた。

「大英帝国だけでなく、カエサル公まで来日された今、わたくしにホトトギスが鳴くまで待てるほどの余裕はないでしょう。それに何より、先生が霊視された名前のこともありますから……なんとかなる気がいたします」

「成吉思汗ゆかりという、あの妙ちくりんな名か」

「あれは当て字なのです。スブタイという名を漢字で記すための」

眉をひそめた竜胆先生へ、志緒理は微笑みかけた。

速・不・台の三文字。チンギスカンが成吉思汗であるように、あれもまたモンゴルの名将を書きしるすために中国——漢民族の歴史家が用いた当て字なのだ。

速不台。その名について、ついに志緒理は言及した。

「スブタイ・バアトルは少年の頃からチンギスカンに仕え、モンゴル軍屈指の将軍にまで成長した人物です」

竜胆先生を相手に、歴史的な名将の来歴を語り出す。

「歴史書……というより、チンギスカンの偉業を讃える叙事詩『元朝秘史』はこう記しています。モンゴル建国の功臣に《四狗》なる四勇者と《四駿馬》なる四賢人あり。スブタイ将軍はこの四勇者のひとりなのです」

スブタイ・バアトルが橘征継の真名であるにせよ、そうでないにせよ。

竜胆先生の卜占でこの名が告げられたことは暗示的だった。

チンギスカンに仕えた武将は数多くいた。なかでも外征において抜群の力量を示した四名のことを『元朝秘史』は《四　狗》と呼んだ。

ジェベ、スブタイ、スブタイの兄ジェルメ、クビライ。

騎馬民族の帝王に史上最大の版図という獲物を捧げるため、彼らは四匹の猟犬さながらに諸国を駆け巡った。

特にジェベとスブタイは、当時のモンゴル軍においても別格だったかもしれない。

部族間抗争の激しかったモンゴルを統一したあと、チンギスカンは西夏、金、契丹、ホラズムなどの周辺国を着々と攻略し、〝さらに西〟へと進撃の駒を進める。

その西征軍を束ねた将こそ、ジェベとスブタイなのだ。

……発端はホラズムの国王であった。

西へ敗走した彼を追って、ジェベとスブタイは一万騎ずつをひきいて出発した。

行く手に立ちふさがるイラン諸都市を攻略しつつ、先へ進む。西へ西へと破竹の勢いで進んでいく。今日で言うアゼルバイジャンやジョージア（旧グルジア）をも席巻し、その勢いに乗ってカスピ海とコーカサス山脈を越えてしまう。

ついにロシア、東欧――キリスト教圏にまで到達した。

ジェベとスブタイは約二年間、東ヨーロッパの兵と大地をさんざんに蹂躙したのち。

チンギスカンからの帰還指令を受けて、ようやく帰っていった。さらに西へ広がる欧州諸国の情報をたずさえて……。

名将ジェベの名は鏃（やじり）を意味し、弓の名人でもあったという。

そして、スブタイは十年後にふたたび西へ旅立つ。第二次西征軍をひきいるチンギスカンの孫、バトゥを補佐する事実上の総司令官として。

当時のヨーロッパは中世である。騎士道華やかなりし時代であった。

西征軍は欧州各地を数年にわたって転戦。ヨーロッパ諸侯（しょこう）と騎士たちを嵐のごとく、悪魔のごとく、撃破しつづけた——。

「それだけの武勲（ぶくん）を持ちながら、忠実な一武将として生涯を終えた御方です。そういうところは衛青（えいせい）将軍と似ているかもしれませんね」

「橘征継もそうであろうと、期待するわけじゃな？」

「はい。ほかでもない竜胆先生がくださった啓示（けいじ）でもありますし」

「一応、当たるも八卦（はっけ）当たらぬも八卦と申しておくぞ。わしは思い浮かんだことを言っただけで、責任を持つつもりは一切ないのじゃ」

「……とても先生らしいご発言です」

必要以上のコメントは避けて、志緒理は話題を変えた。

「それに、征継さまの記憶を抜きにしても、わたくしの夢に現れたお二方——英雄招来の呪儀（じゅぎ）を授けてくださった方々とお話ししてみたいのです」

「あのじじいどもに？」

「はい。きっと何か切実な理由があって、これまで表舞台に出てこられなかったのだとはお察しいたします。でも、皇国日本は今、またとない難局を迎えているわけですし……あのおふたりほどの人材を遊ばせておく余裕はありません」

これはおそらく皇国日本の秘事中の秘事。

もしかしたら、現女皇でさえも知らされていないことかもしれない。竜胆先生にとぼけられたらいけない。志緒理はずばりと核心に切りこんだ。

「できることなら是非、わたくしの後見となっていただきたく——」

「待て。姫よ、そなたまさか……もう見破ったのか？」

滅多にないことだが、竜胆先生は啞然としていた。

「あのじじいどもの正体を!?」

「お二方の英名を想像してみただけです。たぶん正解だと思います。先生から最大のヒントをいただいていましたし」

以前、竜胆先生が口にした北斗妙見とは、北斗七星を神格化した神である。

北辰菩薩、尊星王とも言う。『所作、甚だ奇特のゆえに妙見と名づく』。『神仙のなかの仙、菩薩の大将にして、広く衆生を救う』。そのようにも言う。護国の神であり、古くから武士に信仰されてきた軍神でもあった。

そして、かつて志緒理の夢に現れた老人ふたりの姿。

ひとりは黒い僧衣を着ていた。もうひとりの方はといえば――

「こちらでいかがでしょう」

志緒理はメモ帳を取り出して、ふたつの名前をさらさらと書いた。

それを一瞥し、先生がすぐさま嘆息する。

「……そういえば、姫はじじいどもの姿も見ておったな」

「あのときの御姿と北斗妙見の神名でぴんときました。カエサル公が皇国の保護者なら、こちらは皇国の守護者――守護神と呼んでもいい存在だと思います」

「なんと油断のならない子じゃ。いずれ必ず稀代の雌狐として名を馳せようぞ！」

竜胆先生は口の悪い呑兵衛である。

しかし、このときの悪態はむしろ志緒理を誉めたたえるものであった。


「ようやく、ふたりきりになれましたね」

「ああ。このときを待ちわびていた」

「私もです。ただ、すこし……落ち着かないところではありますが」

秋ケ瀬立夏と橘征継。ふたりはまだ、講堂のなかにいた。

ステージの裏へとつながる通路上に小さな部屋があり、物置として利用されている。埃っぽいうえに薄暗い。ぼんやりと光る天井の非常灯だけが唯一の光源だった。

この部屋のなかは静かである。

だが、ときどき外を通る足音や話し声が聞こえてくる。

ステージで上演中の演目関係で急いでいるのか、ばたばたと走り抜けていく足音まで何度も聞いた。そのままこちらへ——征継と立夏がふたりきりで向き合っている物置へと、駆けこんでこられたら。

少々困った事態になるかもしれない。

木箱にすわる征継の膝の上に、立夏が横座りで腰かけている状況なのだ。

しかも、東海道総督はステージ上で披露した和服姿のまま。おまけに、白い柔肌の熱をしっかりと征継に伝えようとして、着物の襟元をはだけさせている。立夏のすばらしい胸の谷間まで見えてしまっているほどに……。

今、ふたりで霊液補給の儀式を執りおこなっていた。

冷え切った征継の体に、立夏の体の熱を伝えることで霊液を受け渡す。

本来、それだけの儀式である。肌もあらわな少女と熱烈に抱き合っているという格好ではあるが、やましい行為ではない。他人に見られても毅然としてさえいれば、妙な誤解を受けることはないはずだ——とは、決して言えない征継だった。

なにしろ、今は立夏と抱き合いながら。

「征継どの……お、お願いがあります」

「なんだ?」

「もっと——あなたと、こうしていたいです……」

ちゅっ。征継の唇を求めて、立夏の唇が軽く突き出された。

ふたりの粘膜が合わさる。接触——キスとしてはごく軽いものだ。が、受けて立つべく、征継は立夏の唇を自分のそれでやや強引にふさいでしまう。

くちゅっ。くちゅっ。強く重なり合い、熱烈に求め合う音だった。

やがて、ふたりは自然とたがいの舌を求めて、むさぼり合うようになり——

「あ——っ」

「痛いか？」

「いいえ、うれしいです。征継どのを強く感じられて……」

ぎゅっと荒っぽく抱きしめることさえ、立夏はうっとりと受け入れてくれた。

こんな様子を見られたら、誤解ではなく理解されるだろう。秋ヶ瀬立夏と橘征継、この両名は只ならぬ関係にあるのだと。

しかも、そういうときにまたも外から足音が聞こえてくる。

一瞬、立夏が息を呑む。そんな彼女を抱きしめ、また唇を荒っぽくふさいでしまう。

足音はそのまま遠ざかっていった。ふたりは唇を離し、安堵の微笑を交わす。弛緩しきった表情で立夏がささやいた。

「やっぱり、落ち着かない場所ですね」

「俺をここに連れこんだのは、立夏どのの方だぞ？　すこし歩けば、もっと人目につかない場所に行くこともできただろうに」

「早くふたりきりになりたかったのです。一分一秒でも早く……」

「着替えもしないままでか」

「これは……征継どのにしっかり見ていただきたくて。よ、余計でしたか?」

「いいや。ありがたい気遣いだ」

「そうおっしゃると、思っておりました——んっ。んんんんんんん!」

抱き合い、肌を重ね合い、唇をついばみ合いながらの会話だった。

やがて立夏の熱が最高潮に達して、それを征継が存分に受け取る形でついに儀式はひとまずの終息を迎えて。

息も絶え絶えの立夏を抱きしめながら、征継はふとつぶやいた。

「初音の方は今頃、どうなっているだろうな?」

「あ、あの娘も……少々、あぶなっかしいところはありますが」

すこしずつ息を整えながら、立夏が言う。

「あれで、あつかいづらさではならぶ者なしと言われた《九郎判官義経》の銘に認められた兵です。そうそうおかしなことには……ならないと思います」

「そこまで面倒な代物だったのか?」

「はい。九郎義経と同等の《銘》としては、私の安綱、鎮西八郎為朝、八幡太郎義家などが存在します。いずれも武功第一等であるのみならず、正統なる武家の棟梁・清和源氏に深いゆかりを持つ——由緒ある名前です」

「たしかにそうかもな」

正統だの名門だのは、特別気にもかけない征継である。

だが、さすがに〝隣町から来た山田某〟だの〝佐藤某〟よりは『やあやあ我こそは源氏の棟梁・源義朝が末子である！』とハッタリを利かせられる名前の方が御利益ありそうな
——そういう心理は理解できる。

「そうした源氏ゆかりの《銘》のなかで、いちばんの……跳ねっ返りが九郎義経であるというのが、実は皇国騎士の間では有名だったのです」

「橘一族の若い衆も、大勢殺されていたそうだしな」

「まあ、上級の《銘》をたやすく継承できないのはよくある話です。ただ、九郎義経の場合は少々度が過ぎていましたので」

ここで立夏はくすりと笑い、付け足した。

「それだけ手強い相手を、橘初音はものにしたのです。もしかしたら、すぐれた武将になる片鱗を義経公の遺志に認められたのかもしれません」

日本の歴史上にも、すぐれた武将や天下人は幾人もいる。

織田信長。豊臣秀吉。徳川家康。源頼朝。足利尊氏。さらには大日本帝國の時代に復活したという楠木正成。真田幸村こと真田信繁など。

しかし、武将としての力量、後世の人気が随一の者をあげるとすれば。

九郎判官こと源義経こそが筆頭となるかもしれない。さて、橘初音はその名の継承者として、

十分以上に器量を見せることができるか。

現在、彼女は——箱根の関にいる。

橘征継の名代として、あの砦を守護するために。

2

「実はわたしなどよりも、甥の方が武将としての才は上だったのですよ」

「えっ、そうだったんですか？」

「はい。わたしもずいぶん早く出世した方ですが……甥はそれ以上でした。なにしろ、二〇歳そこそこで驃騎将軍の位を授かりましたしね」

衛青将軍がのんびりと昔話をしている。

復活者である彼の甥が生きていた時代、もちろん文字通りの『昔』だ。

現代から二千年以上も前、古代中国でのエピソードである。当時、中華の大地は漢帝国によって支配されていた。

贅沢なことに、貴重な談話を聞く者は現在　橘　初音しかいない。

ふたりは今、護国塔の屋上にいた。

ただし、箱根の東西南北を守る四鎮守府のいずれの塔でもない。それらの中心ともいうべき駒ケ岳付近に位置する中央発令所である。

「わたしの場合は姉の七光りでしたが、甥はしっかりと武功を立てたうえでの栄達です。どちらの才が上かは明らかでしょう」

「い、今の初音と同じような歳で将軍さま……」

「おまけにわたしよりずいぶんと人気者で。おかげで軍や宮廷のつきあいもそちらまかせにできて……甥がいた頃は、だいぶ楽をさせてもらいました」

「でも、衛青さんより人気の出る甥御さんって、ちょっと想像できないです」

衛青将軍の姉は、その美貌ゆえ時の皇帝に見そめられた。

弟の彼もすばらしい美男だ。初音は思わず妄想した。ということは甥っ子さん、もっとキラキラな超絶美男子だったのかしらなどと。

しかし、衛青はいつもの温柔さで軽やかに笑った。

「ご存じかもしれませんが、わたしは貧家とさえも言えない境遇で育った男です。蝶よ花よと育てられた殿上人や名門の方々とは、なかなか話が合わないといいますか、まあ、つまらないやつだと思われていたのですよ」

「ああ……」

「その点、甥が大きくなる頃には——皇后となった姉の引き立てで、衛一族全体が成り上がっていましたから。甥は完璧な若殿さまでした」

良家・富豪の子弟息女ばかりが通う学園。

そこに転入した貧乏人が人気者になれば、まさにマンガの世界そのままだ。

だが、衛青大将軍ほどの美貌と才覚を持つ英雄でも、現実はそうだった——なかなかに世知辛い話である。もちろん、彼のひかえめな人となりも影響したのだろうが。

(世の中、上手くいかないものだわ)

ひそかに思いつつ、初音は「あっ」とつぶやいた。

博識な皇女殿下から聞いた逸話である。衛青将軍の甥《霍去病》。当時の漢帝国では、この叔父と甥だけが騎馬民族・匈奴に対抗できる武将だったという。

「姫様にいろいろ教わったの、思い出しました！」

「甥のことで、ですか？」

「はい。甥っ子さん、部隊の食糧がなくなっても腹ぺこの兵隊さんをはたらかせて、自分は蹴鞠で遊んでいたんですよねっ。しかも将軍さま用のごちそうは残っていたのに、分けてあげないまま腐らせちゃうおまけ付きで！」

「……ご存じでしたか、あの話」

「ええと、結構びっくりしちゃったんで、そこだけはばっちり……」

「まあ、似たようなことをする将軍はほかにもいました。甥だけを責められません」

苦労人らしく、衛青は身内の〝武勇伝〟に苦笑いした。

「ただ白状すると……わたしもすくなからずあきれたのは事実です」

「で、ですよねえ」

「とはいえ、甥の霍去病は将として、申し分なく本物でした。もしあなたの兄上と同じ戦場に立てば……去病の方がより迅速に軍団を動かせるかもしれません」

「うちのお兄さまより、ですか!?」

橘征継の用兵、その特徴は大胆すぎるほどの機動力にある。

皇女殿下も秋ヶ瀬立夏もそのように賞賛し、最も間近で彼の采配を見てきた初音自身もそう実感している。

それをもしのぐ神速の用兵、どのように実現させるのか?

初音の疑問を見抜いたのだろう。衛青はくすりと微笑み、さらに語る。

「われら漢人は長い間、騎馬の民を恐れてきました。彼らは漢の外よりやってきて、漢人の村や町を襲うのです。そうなったら最後、農作物も財貨も根こそぎ奪われます」

「うううっ。まさに乱世ですね」

「そこで我が主君たる皇帝陛下は騎馬の民――匈奴討伐を決意されて、わたしたちを匈奴の本拠地たる砂漠と草原に送りこみます。馬上の敵を追いかけるのですから、わたしも甥も騎兵をひきいて戦いました」

「聞くだけでも大変そうです……」

「通常、騎兵隊も糧食を運ばせるために馬車の一団を同行させますが、甥はそれを許さなかった。輜重の馬車がいっしょでは遅くなると。兵の持ち物も極限まで減らしました」

「食糧も持たずに砂漠へ行ったんですか!?」

「敵は騎馬の民です。馬術でも馬の質でもあちらが上。彼らを速さで超えるためには、そこまでやる必要があったのですよ。だから、甥の軍団が飢えるのは――必然でした」

糧食は敵地より奪う。あるいは倒した敵部隊より奪う。

先回りをして匈奴の意表を衝き、機先を制すための工夫だと衛青は言う。

速さを得られる代わりに兵は激しく消耗する。長くは投与できない劇薬じみた戦法だ。軽い気持ちで真似をすれば、その生兵法でまちがいなく大怪我をする。

しかし、初音はなるほどとうなずいた。

たとえば、突撃の武勲を誇るリチャード獅子心王あたりならば――。

（なんだかんだで強引に使いこなして、すごい戦果を生んじゃいそうだわ）

肉を切らせて骨を断つ。これほど使う側の器量を問われる戦法はない。

「甥は皇帝陛下より最精鋭の騎馬隊も賜っておりました。これも大きかった」

「最精鋭っ。じゃあ、ものすごい特訓とかしてたりも！」

「残念ながら、漢人がいくら馬術を修練しても、馬上をゆりかごに育つ匈奴にはそうそうかないません。でも、小競り合いに負けて、漢に投降した騎馬の民もいたのです。この者らを登用すれば、少数ですが匈奴に負けない騎馬隊も作れました」

「ちょっと反則っぽいけど、賢いやり方ですねー」

「夷狄を以て夷狄を討つ。我が故国に古くから伝わる――悪知恵ですね」

珍しく冗談めかして、古代中国の復活者は笑った。

「我が一族から甥のような新星が前ぶれもなく飛び出してきたように、橘初音どのも兄上を超える逸材として、いきなり頭角を現すかもしれません」

「あ、ええと……」

「これからの活躍に期待しておりますよ」

微笑みかけられて、初音はハッとした。

今の昔話は激励なのだ。歴戦の復活者である名将は橘初音がここにいる意味を――見抜いている。だからこそ、わざわざ初音を訪ねてきて、若くして頭角を現した名将の思い出話を語ってくれたのだ。

実際、衛青将軍はこんな話題を振ってきた。

「関東州軍への〝箱根引き渡し〟、ついにはじまったそうですね」

「はい。とりあえずお兄さまのいなくなった朱雀門と、あと白虎門を、関東の騎士侯六人にあずかってもらうことになりました」

「その騎士たちも災難ですね」

ふたたび冗談めかして、衛青将軍はつぶやく。

「伊豆方面から北上して箱根を攻めるなら、南の朱雀門と西の白虎門を狙うのが常道。その二箇所を征継どのの代わりにまかされるとは……」

漢帝国の大将軍だった人物が笑っている。

いつもの温柔な微笑より、やや無防備な笑顔だと初音は感じた。

あのおだやかさには――過度の感情を見せないことで、周囲と距離を置こうとする意図もあるのではと、なんとなく思っていたのだ。

　これはもしかしたら、幼い子供や年少者へ向ける表情なのかもしれない。

　ともあれ、初音は建前上の正論を口にした。

「でも、やっぱり箱根は関東将家のものですから！」

「まったくです。ただ、わたし個人は東海道の若者にも期待しておりますよ」

「………」

「若者はあとのことなど考えず、がむしゃらに突き進めばいい。穴埋めや後始末はわれわれ年寄りの仕事です」

　意味ありげに初音を見つめながらの言葉だった。

　やはり見抜かれている。初音は役者のちがいを痛感した。

（ううう。孫悟空を手のひらで転がすお釈迦様みたいだわっ。三国志に出てこないからって、絶対に見くびっちゃいけない人なのね……）

　また、なんていい人なのかしらとも思わされた。

　昔からこうやって、目下や年少者に配慮を重ねてきたのではないか。若くして霍去病は己を超えたと語ったが、それもどうだか。

　案外、若者の台頭をよろこんで、あえて道を譲ったのかもしれない。

　誠実であり、賢明でもある。それら全てをひっくるめて『大人』と呼びたくなる。

　見た目こそ美青年だが、どこか老将の雰囲気があった。こんな大人物に自分たちの後方を守ってもらえたらと、つい思ってしまう。しかし。

（あれ？　でも衛青さんのこと、姫様はたしか……）

聡明なる日本の皇女は言っていた。

『衛青将軍は生粋の騎兵長官です。あの方の本領が攻撃――それも速攻であることは、過去の対匈奴戦からも明らかだと言えます』と。

こんなにおだやかな〝いい人〟なのに、敵地への進撃こそを本分とする。

なんとも不思議な底の深さを初音がかいま見たとき。

「おや」

衛青将軍が目をみはった。

護国塔の屋上に、ローマ軍の随獣が転移してきたのだ。

見た目は白い子犬である。身の丈四〇センチほどで、なんとも可愛らしい。この小型随獣はカニス・ミノールという。日本の管狐と同じ役割を果たす存在なのだ。

わふっ。子犬ならぬ狼の仔が短く吠える。

空中にウインドウが表示された。伝令のメッセージが綴られている。

『維新同盟、二個軍団が伊豆・長浜鎮守府より出撃。軍団1は第二鎮守府・朱雀門に向けて進行中。構成はクルセイド一〇〇騎、ナイト・オブ・ガーター四〇〇騎』

「エドワードさんの親衛隊が……」

文面を見て、初音は息を呑んだ。だが、これで終わりではない。

出陣したのは二個軍団。しかも、もう片方というのが――

『軍団2は第三鎮守府・白虎門にきわめて高速で接近中。構成はクルセイド約七〇〇騎』

「白虎門にまで!?」

伝令文には画像、地図、さらには中継映像まで添付されていた。

「ふたつめの軍団の方が明らかに速いですね……」

衛青は地図のウインドウを見ていた。

軍団1と2、双方の位置が赤い点で示されている。2の方が倍以上の距離を進んでおり、芦ノ湖にまもなく到達しそうだ。

「では、朱雀門と白虎門に伝令を。増援の到着まで持ち場を死守していただきたいと」

衛青の指示を受けて、狼の仔が消える。

一方、初音は決意を固めていた。できれば勿体ぶって、ここぞという場面で『ばん!』と切り札を出したかった。が、もうその余裕はない。

「初音も出陣していいですか!?　実はとっておきを用意してあるんです。朱雀門か白虎門、どちらかの加勢に行かせてください！」

「加勢……ですか」

迎え撃つ側の総大将格は屋上から目を凝らし、西南の方角を見つめた。

日没はもうすこし先だろう。冬の青空のもと、峨々たる箱根の山々と、三日月にも似た芦ノ湖が遠くに見える。

衛青将軍の目つきは、雲の流れから天気を読む〝山の達人〟めいていた。

彼が見つめる連山の先に芦ノ湖と白虎・朱雀の二門があり、その先は伊豆半島である。

「では、加勢ではなく。白虎門の守備をそのまま全ておまかせします」

「えっ？　でも、あっちには関東の騎士さんが――」

「残念ながら、これから大至急で準備をしても……間に合わないでしょう。彼らの運気はもう尽きています」

淡々とつぶやく衛青将軍の横顔を見て、初音は思い出した。

この終始ひかえめな人物は一〇日ほど前、橘征継にこう語ったという。

『進退についての勘が――不思議と働くのです』

『退くべきか、進むべきか。どちらへ進めば運気が上がり、下がるのは何処の方位か……。そういったことがなんとなく、虫が知らせるように』

それは獅子心王のごとき野獣の勘なのか。予知能力の類なのか。

あるいは単なる誇大表現で、本当は集めた情報を冷静に分析し、神がかった洞察力と決断力で導き出した結果なのか。

いずれにせよ、常人には見えない何かを彼は見通しているようだった。

その証拠に、いきなりこんなことを言い出すのだから……。

「それと初音どの。先に教えておきますが、白虎門を攻める騎士侯はおそらく獅子心王――リチャード一世陛下とその騎士たちです」

「えっ!?」

「あれだけの覇気と勢いで進軍する武将、ほかにいませんよ」

3

「中央発令所より、ケントゥリア三〇〇騎……移動開始。針路は南。芦ノ湖南岸、第二鎮守府をめざすもの、と、思われます」

「ほう。うわさの衛青将軍は朱雀門を固めるつもり、か」

念導精霊モリガンから報告を聞き、エドワードはつぶやいた。

現在は白き翼竜を駆り、一二名の英国騎士とクルセイド一〇〇騎、ナイト・オブ・ガーター四〇〇騎をともなって、箱根へ進軍中だった。

そして、エドワードの隣を飛ぶ翼竜には精霊モリガンが騎乗している。

いつもの少女人形――駿河に鹵獲された二号機ではなく、一号機が依代である。

「偵察に出た随獣・浮遊光霊からの映像も、とどいて、います」

「なら、まちがいはなさそうだ。面白い」

箱根の各鎮守府周辺には、獣よけの結界が張られている。

その効果をかいくぐるべく、箱根領内に侵入させた念導士官に情報収集用の随獣を作成させて、解きはなたせた。そうして収集した情報が念導術のウインドウとなって、翼竜に乗るモリガンのまわりに二〇個近くも展開している。

「ふふふふ。僕とナイト・オブ・ガーターを警戒して、箱根最強の将である己を朱雀門にまわす……。白虎門に近づく脅威を見くびっているのか」

にやりとエドワードは微笑んだ。

「そのおそろしさを察したうえで、あえての采配なのか。衛青どのと橘征継、ふたりのお手並み拝見というところだな。それとモリガンくん」

「何、でしょう？」

「こちらよりも白虎門の補佐に専念してくれ。伯父上のことだ。あと一〇分とかからずに攻撃可能な距離まで到達するだろう」

エドワードの軍団はまもなく、箱根南方に広がる原生林上空にさしかかる。

めざすは朱雀門。だが、白虎門をめざす友軍とはあえて速度差をつけて、じっくり移動中だった。今日の先鋒は獅子心王リチャード一世。その戦果を見て、臨機応変に出方を変えていくための措置だった。

「衛青とやらはエドワードの方へ向かった――たしかか、精霊よ？」

「は、い。浮遊光霊が第三鎮守府・白虎門のレギオンを確認済み、です。一五五騎、全て神威型。ケントゥリアは一騎もなし」

「ちっ」

精霊モリガンの報告を受けて、リチャードは舌打ちした。

獅子心王の逞しい左肩に、身長三〇センチほどの小型人形が座している。モリガンが使うフィギュアサイズの依代だった。

最前線に赴くエドワード黒王子がたびたび肩に乗せていたものだ。

今日は二個軍団を同時にサポートするため、こちらをリチャードがあずかった。

「橘征継も不在とあっては、つまらぬいくさになりそうよな」

クルセイド七〇〇騎をひきつれて、白き翼竜を駆っている。

箱根の空を堂々と直進中だった。まもなく芦ノ湖の西岸に到達する。

南岸には元箱根港の街や箱根の関があり、旧東海道も通っており、いかにも観光地という風情なのだが、西岸は山ばかりであった。

第三鎮守府・白虎門はその山々の間に建てられた〝山城〟であった。

それほど標高が高くない、頂上付近が比較的なだらかな尾根の上に、鎮守府が建てられているのである。皇国日本では標準の五稜郭式――五芒星の形をした城壁でまわりをとりかこまれている。

「遥か東方の大将軍は総大将同士の決闘を望む、か」

リチャードは翼竜を駆りつつ、不遜に嘲笑する。

「ならば衛青よ。おぬしがのんきにエドワードとにらみ合う間に――余は電光石火の進撃をもって、白虎門を陥とすとしよう。指をくわえて見ているがいい！」

戦う前から勝利を確信し、公言する。

もちろん傲(おご)りであり、油断であるとさえ言えた。

だが、それがリチャードの命取りとなることはない。逆だった。華々しい戦果を公言することによって、獅子の闘争心は熱く、熱く、最大限に燃えあがるのだ。

その情熱こそが勝利を呼びこむ原動力となる。

リチャード一世という破格の大傑物(だいけつぶつ)に、世の常識など通用しないのである！

「余にふさわしい宿敵が現れぬのは口惜(くちお)しいかぎりだが……いくぞ、円卓(えんたく)の騎士たちよ。聖剣の名を冠する諸君らの刃(やいば)、箱根の大地に突き立てよ！」

雄々(おお)しき叫びは無論、配下の精鋭たちに向けられていた。

王につきしたがうは白き英国レギオン七〇〇騎——では、無論ない。

「いざ血戦の時ぞ、エスカリブール！　まやかしを解け！」

「御(ぎょ)、意(い)。全レギオンの擬装(クローキング)効果を解除、する」

肩に乗る人形がうなずくや否(いな)や。

リチャードのまたがる翼竜を中心に、球状陣形を作っていたクルセイドたちのカラーリングが一瞬にして——白から深紅(しんく)に変色した。

長浜を出陣する際、擬装の念導術で色だけ変えていたのである。

「報、告。念導神格(イフリート)《白虎》、顕現(けんげん)。その、前方で、敵軍団は壁状陣形を形成。白虎門前方に布陣。我が軍に対し——」

「語るにおよばず！」

念導精霊のささやきを聞かず、リチャードは咆哮した。

「われらはただ、あの大虎めがけて前進し、正面から突き崩せばよい！」

山中にひっそりと建つ五稜郭型の鎮守府まで、あと数キロという距離。

目的地の上空には、全長五、六〇メートルはあろう白き猛虎が出現済みだった。あれこそ念導神格《白虎》にほかならない。

一種の幻影であるため、巨体はやや透きとおって見える。

白き超獣をいただく鎮守府——そのまわりの空気が陽炎のように揺らめいている。

念障壁だった。軍事拠点を守護するため、念導神格がはりめぐらす念力の壁である。そして、障壁のさらに前では。

皇国の青きサムライどもが列をなし、空中に壁を作っていた。

その全てを無視して、リチャードは獅子吼する。

「蹴散らせ。それのみが余の下知である！」

「報、告。敵の増援——神威型が箱根中央より、接近中……！」

「今はよい！　あとでじっくりと迎え撃ち、八つ裂きにしてくれる！」

精霊モリガンの訴えにすら、耳を貸さない。

リチャードでなければ、天も神も許さぬ無法ぶりであった。

しかし、猛り狂う英国王家の赤き軍団を前にして、白虎門を守る神威一五〇騎の指揮官は

——明らかに狼狽していた。

名も知らぬ日本の騎士侯、かろうじて「死守せよ」とでも命じたのか。

忠義者として有名な神威の軍勢はがっちりと壁状陣形を維持したまま、エスカリブール七〇〇騎の前に立ちはだかった。

けなげにも空中の生きた壁となるべく、身を投げ出したのである。

対して、エスカリブールは壁を無慈悲に打ち砕く——巨大な砲丸であった。

中世の英国王が命じたとおり、何の工夫もせずに球状陣形を保ったまま七〇〇騎の英国レギオンは神威一五〇騎の壁状陣形にぶつかっていった。

壁と砲丸は共に銃槍の熱線を撃ちまくりながら、正面衝突を果たす。

ガァァァァァアアアアアアンンンッ！

ガァァァァァアアアアアアアンンンンンッ！

鋼と鋼がぶつかり合う轟音、箱根の空にめいっぱい響きわたった。

結果はもちろん、砲丸となったエスカリブール側の圧勝である。青き空中の壁は散り散りに砕け、破片——死ぬか昏倒した神威たちがばらばらと地上に落ちていく。

かろうじて衝突を生きのびた神威は二、三〇騎ほどだ。

「ふむ。少々しとめそこなったか」

「!?　リチャード、陛下。報告があり、ます」

残党を殲滅せよと、リチャードが無感動につぶやきかけたとき。

左肩より、モリガンが不可解そうに訴えてきた。

「敵軍に増援、あり。数、およそ四〇〇……」

「さきほど言いかけた者どもだな」

リチャードはいいかげんにうなずいた。

「衛青とやらの指示で中央発令所に待機していたのだろう。東西南北、四方の門のいずれにも最短最速で加勢できるように」

無難だがつまらぬ采配よと、傾奇者(かぶきもの)たる獅子心王は肩をすくめた。

実は現在、三〇キロほど南東――駿河湾に面した長浜(ながはま)鎮守府の上空では、巨大な眼球が顕現している。念導神格(イフリート)《モルガン・ル・フェイ》の具現体である。

箱根に進撃したリチャード軍を補佐するためだ。

今も敵軍の念を察知し、警告してくれた。が、獅子は鼻息も荒く、つぶやく。

「余とエスカリブールの力を見誤ったな。増援が駆けつける前に守備兵は蹴散(けち)らし、白虎門での勝利をたしかなものとした。この余勢を駆って、のこのこ巣穴より出てきたローマの雑兵(ぞうひょう)を薙(な)ぎ倒してくれよう」

「い、え。敵レギオン……すでに到着して、おります」

「なに？」

首をかしげた直後、リチャードはすぐに意味を理解した。

念障壁で守られた白虎門。その上空に鎮座(ちんざ)する念導神格《白虎》。そして、白き巨大な猛虎を取りまくようにして——

神威型のレギオンが数百騎、浮遊していた。皆、銃槍を構えている。

四〇〇の銃口が向けられる先は、獅子心王とエスカリブール七〇〇騎であった。

敵軍はいつのまにか、白虎門の内部に入りこんでいたのだ！

「ほう！　妙な手妻を使う！」

剛胆きわまりないリチャードだが、このときは愕然とした。

まるで手品だった。さっき神威の壁状方陣と英国の球状陣形が衝突した瞬間、その喧噪と轟音をカモフラージュにして、さっと増援の軍を送りこむ。

だが何より。リチャードを驚愕させ、そして歓喜させたのは——

「赤紫！　あの色を持つ神威型はただ一種のみ。橘征継めに仕えるサムライども……たしか兼定と申したな！」

翼竜の鞍上で、思わず身を乗り出す。

ここ数カ月、戦闘と情報収集を幾度も重ねてきた。おかげで宿敵のひきいるレギオンの呼称もしっかり心得ている。

だが、よろこぶリチャードへ精霊がささやきかけた。

「い、え。敵軍もわれらと同様、擬装を使用している可能性、あり。《モルガン・ル・フェイ》の念を使い、走査を開始、します」

「それにはおよばぬ。エスカリブールどもが匂いをかぎとっている」

「匂い？」

「ああ。我が宿敵のなつかしくも忌むべき匂いをな」

騎士侯は配下レギオンが察知したものを、我が事のように知覚できる。

本物の猛獣さながらに、リチャードは鼻をひくつかせた。

「くくく。駿河にいるという橘めがどのような手で出しゃばってきたものか！」

思いがけない強敵との再会。

しかし、これこそが待ち望んでいたもの。リチャード一世は予期せぬ大敵の推参を見とどけ、むしろ獰猛にほくそ笑んでいた。

その一方で、討ち損じた神威数十騎が逃げ出していく。

ほうほうの体で白虎門周辺の山中に飛びこみ、もう空にはもどってこない。

だが、獅子は気にもとめない。より劇的な戦闘がはじまろうとしている今、そんなことを気にする暇は一切ないのである。


「どうにか間に合った……で、いいのかしらね」

ひとまず初音は胸を撫で下ろした。

現在位置は箱根の第三鎮守府、白虎門――。

その念障壁の内部である。皇国の青き翼竜にまたがり、敷地内を見おろすようにゆっくりと飛んでいる。

最も高い建造物・護国塔の上には念導神格《白虎》が顕現中だった。

さらに、白き巨獣のすぐそばには、中央発令所から連れてきた兵たちもいた。

赤紫色の神威型——兼定が四〇〇騎。今、初音は義兄というべき男に仕えるレギオンを従属させているのである。

「お兄さまの軍団、今のところは言うとおりにしてくれているわね。この先どうなるかはわからないけど……」

橘征継は現在、駿河市で学園祭に出席している。

その人物のレギオンがここにいる理由、タネを明かせば単純だった。

橘征継が箱根を去る直前に四〇〇騎の兼定を召集し、中央発令所付近の山中で休眠状態になり、待機するよう命じたのだ。

そして敵襲あらば、初音が代理指揮官として出撃を命じる——。

他人のレギオンでも、その所有者からコントロール権を〝借りる〟ことはできる。

かつて——駿河がクルセイドの襲撃を受けたとき、征継も使った手だ。《土方歳三》の名を持ちだして、秋ヶ瀬立夏が召集した神威を借りた。

それをここ箱根で再現した。そのうえで切り札も使った。

「九郎義経の武勲がなかったら……まちがいなく白虎門のなかまでリチャードさんの騎士団に入りこまれていたわ」

武勲《虎韜必出》。ひきいる軍団を短距離だけ瞬間移動させる。

有効な距離はせいぜい十数キロというところだが、せまい箱根の地では抜群の効果を生んでくれた。が、使用するとかなりの体力を消耗してしまう。代償として、今も初音は激しく息を切らせていた——。

しかし、衛青の指示どおりに大至急で出陣し、反則気味の武勲まで使った。

にもかかわらず、白虎門到着はぎりぎりだった。リチャード獅子心王の突破力、うわさどおりにすさまじい……。

かつてない大敵を相手に、一軍をひきいて立ち向かう。

初めての経験に初音はごくりと息を呑んだ。しかも、不安材料はほかにもある。

「やっぱり他人の……それもお兄さまの軍団だからかしら？　兼定たちって、ものすごくあつかいづらいわ！」

白虎門の念障壁内部へ、共に飛びこんできた赤紫色の軍団。

兼定四〇〇騎へ、初音はさっきから念を送っている。意のままに操るためである。しかし、いつも操る九郎判官の軍団とくらべたら——明らかに反応が鈍い。

初音が指示を思い浮かべても、兼定たちが動き出すまで数十秒かかる。

しかも、まだすこししか指揮していないのに。

どくっ。どくっ。どくっ。どくっ。

胸の鼓動が——血の巡りがふだんより速い。体もやけにぐったりしているうえ、妙な気疲れまで感じていた。数年前、高山病になりかけたときに似ている……。

「たぶん、武勲を使ったことだけが原因じゃない」

　理由をなんとなく悟って、初音はつぶやいた。

「ほかの騎士侯、それも四〇〇騎なんて大軍をあずかったから、そのしんどさで初音の体が参ってきてるんだわ！」

　それでもけだるい体に鞭打って、初音は空飛ぶ翼竜にまたがっている。

　こんなありさまでは、あまり複雑な采配はできない。レギオンたちに出す指示はシンプルである必要があった。でないと、最後まで初音が保たない――。

　だが、この大敵を省エネ戦法で乗り切れるのか。

　あるいは体力が保つうちに、短期決戦に持ちこむという選択肢か。

「はははは、橘征継よ！」

　リチャード一世の雄叫びが聞こえる。

　空中に浮かぶ念導神格《白虎》と、エスカリブール七〇〇騎による球状陣形が真正面から向き合う形になっていた。その一角より大音声は聞こえてきた。レギオンの能力で軍団長の声を増幅しているのだ。

「貧相な巣穴にこもらず、早く出てくるがいい。余もそなたも野戦こそを本領とする騎士であろう！　共に戦野を駆け、馬比べと参ろうぞ！」

「ううっ。リチャードさん、やる気たっぷりみたいね……」

　今、白虎門とリチャード軍団を隔てるものは念障壁のみ。

しかし、七〇〇騎ものエスカリブールが本気で攻勢をかけてきたら、この壁がどこまで保つことか。赤き獅子の軍勢は、東海道各地の鎮守府を幾度もすさまじい速さで攻略してきたと聞いている……。

省エネか、短期決戦か。初音は覚悟を決めた。

「聖獣天龍公の神気より生まれし神の分身よ、並びに皇国の兵たちよ」

天にとどけとばかりに、初音は朗々と訴えた。

今この場にはいなくとも、自分には頼もしい味方がいる。

兼定四〇〇騎を貸してくれた兄貴分もそうだ。そして、敬愛措くあたわざる女主人とその師匠も。彼らの入れ知恵を信じて、死力を尽くせば――

なるようになる、かもしれない。今はとにかくチャレンジあるのみ！

破れかぶれ。当たるも八卦当たらぬも八卦。

天下御免の豪傑一族らしく、初音は開き直って大勝負に出た。

「皇女殿下に成り代わり、念導神格《白虎》に命じる。騎士侯・橘初音とその軍団、今こそ箱根守護神の列に加えよ！」

気合いみなぎる声に、兼定四〇〇騎はすぐに応えてくれた。

レギオンの仮面の下より、低く、微妙に抑揚のある嘯声で謡いはじめたのである。

ォォォォォォオオオオオオォォォォォ――。

ォォォォォォオォオオオオオオォォォォォ――。

オォォォオオオォォォォ――。オォォォォオオオオォォォォ――。

その嘯声を受けて、空中の《白虎》がぶるっと巨体を震わせた。それから背筋をのばし、天に向けて咆哮する。

グゥウオオオオォォォォォォォォォォォンンンンンッ！

それは唱和であり、同調だった。四〇〇騎の兼定と白き念導神格が〝主君を同じくするもの〟として心をひとつにまとめ。

闘志と念力をも一体化させたという証であった。

そして、その集団をたばねる軍団長こそ、橘初音なのだった。

4

昨日の朝、皇女一行は駿河へ旅立っていったわけだが。

その数日前の夜、このような一幕があった。

「……天一は水を生じ、地六が之を成す。六一すでに合して、陰陽五行の基となる。陰は七魄に随い、陽は三魂に随う。乾は元に亮り、貞しきに利ろし……」

呪文とも祝詞ともつかない文句が誦されている。

橘初音が見守るなか、謎の言葉を吟じるのは竜胆先生だった。

場所は第四鎮守府・玄武門。その護国塔の屋上である。

箱根の北に広がるススキだらけの野原――仙石原の一隅に造られた鎮守府だ。この一帯は風光明媚な温泉地としても知られている。

塔の上空には、この砦を守護する蛇亀の幻が顕現している。

すなわち念導神格《玄武》。黒き巨大な甲羅を持つ亀であり、しっぽの代わりに大蛇を生やしている。全長六、七〇メートルというところか。

この黒き異形の巨神を、竜胆先生の隣で見あげる少女がいる。

箱根四神の主たる皇女志緒理。彼女もおごそかに呪句を誦していた。

「……太上は生を延ばし、英霊は千邪の鬼を裂く。青龍白虎朱雀玄武は呪を聞かば速やかに至り、百事を成就せよ。全て律令の定めるがごとく……」

これは易経だか奇門遁行（諸葛孔明でおなじみの！）だかの理にもとづく、ありがたい文句なのだという。さっき訊ねたら、皇女殿下が教えてくれた。

実はこの夜、すでに青龍門・朱雀門・白虎門をまわったあとだった。四鎮守府の全てで念導神格を具現化させ、この呪文を聞かせてきたのである。

「あっ、まただわ」

初音はつぶやいた。

空中に浮かぶ《玄武》の巨体が『ごうっ』と燃えあがったのである。

それも燦めく白金色の焔によって。この神々しくも美しい燃焼はほんの数十秒ほどで終わり、同時に竜胆先生と志緒理も祝詞を唱え終わる。

初音が白金色の焔を見るのは——四度目だった。

青龍・朱雀・白虎の三神格も同じ焔によって、浄められてきたのである。

「面倒事はこれで全てかたづいた、が……いつもならとっくに寝酒をたしなんでいる頃合いではないか。女中よ、酒を持ってこい」

「先生。せめて寝室にもどるまで我慢なさってください」

このときはまだ夜の九時頃、深夜というにはいささか早い時間帯だった。

尚、師弟ふたりは共に巫女装束である。

念導術の儀式を行うにあたり、正装したのだという。ちなみに、必要もないのに初音も同じ格好なのはつきあいであり、『なんとなく着てみたかったの♪』であった。

ともあれ、初音は訊ねてみた。

「今の儀式って、何なんですか？」

「まあ、祈伏じゃな」

「祈伏!?」

悪に染まった者を祈念の力で説き伏せ、正道にもどらせる。そういった意味である。

「青龍・朱雀・白虎・玄武の四体全てがまとまり、箱根守護の四神となる……わけじゃが。こやつらにはひとつ足りないものがある」

念導神格を〝祈伏〟とはいかなる仕儀か。驚く初音へ先生は語る。

「こやつらの分身であり、人と神格の架け橋となる——念導精霊じゃ」

「そういえば、駿河にもいましたっけ」

「以前、四鎮守府にいた精霊は箱根が陥ちたとき、残念ながら消滅してしまいました。その代役は英国軍の精霊モリガンがつとめていたようです」

今度は志緒理が言った。

皇国日本の念導精霊たちは敵軍に捕縛されたとき、自らの存在を消滅させるという。軍機を外部に洩らさないため、らしい。

「わたくしたちも、べつの精霊を用意しなくてはいけません」

「ま、よそから連れてくるなり、姫の名の下に新しい分身を作ってもいい。じゃが、生半可な者ではモリガンとやらに太刀打ちできん。箱根に残されていた記録を見てみたが、その英国印の精霊は相当な猛者のはずじゃぞ」

珍しく他人を誉めてから、竜胆先生は宣言する。

「というわけで、四神の面倒はわしが見ることにした」

「あー……竜胆先生ってたしか、なんとかーって神様の分身というか生き霊だったんですよねえ。酒びたりの不良小学生じゃなくて」

ぽんと初音は手を打った。だから、この姿での飲酒を黙認されるのだ。

「すっかり忘れてましたー」

「わしの本地は念導神格《伏龍》じゃ。まあ、昔の神格基盤がなければ、そこらの精霊と大きなちがいはないがな。とはいえ、四神どもを祈伏——我が念で意のままに操る程度は十分にできる。こやつらはもう、わしの手足も同然よ」

「でも、先生がいないときはどうするの？」

自慢そうにふんぞりかえる〝見た目だけ小学生〟へ、初音は言う。

「飲みすぎて帰ってこられないとか、先生の場合よくありそうじゃない？」

「バカを申すな。この場におらずとも四神を御する程度の芸、朝酒を呑みながらでもできる。二日酔いで意識がとんでいるときでもな」

「そこはできれば、朝飯前と言っていただきたいのですが」

「固いことを言うな、姫。くくくく」

ほくそ笑みながらの豪語であった。


「もう昼すぎ。朝ご飯もとっくに終わってるし……期待しているわよ、先生！」

今、竜胆先生の与太話を思い出しながら。

初音は翼竜に乗り、ゆっくりと第三鎮守府・白虎門の上を飛行中だった。

上空には念導神格《白虎》の幻影体が顕現しており、そのまわりには兼定四〇〇騎が親衛隊のごとくひかえている。

さらに念障壁――陽炎じみた揺らめきが白虎門全体をゆらゆら覆いかくしている。

そしてレギオン数百機の嘯声と、ひときわ音量の大きな《白虎》の咆哮。

ォォォォオオオオォォォォ――。ォォォォオオオオォォォォ――。

グゥゥウオオオオォォォォォォォォォォ――ッ！

完璧なハーモニーとなっていた。彼らの魂と念、十二分に同調している。そして指揮者は橘初音。彼女の意志こそがこの集団全体の意志となる。

「白虎門を……死守します。そのために力を貸してちょうだい！」

号令をかけたあと、初音はめんどくさそうな声を耳元で聞いた。

（ふん。奎(けい)・婁(ろう)・胃(い)・昴(ぼう)・畢(ひつ)・觜(し)・参(さん)の星宿(せいしゅく)よ）

（白虎の威を示し、吉凶を導け）

（卦(け)は震為雷(しんいらい)。疾(と)く事を成し、神兵(しんぺい)を扶(たす)けよ）

一〇〇キロほど離れた駿河の地で、先生は念導のまじないを唱えたのか。

白虎門を取りまく念障壁に、変化が生じた。

今まではゆらゆらと揺れる空気のヴェールだった。陽炎のようなものだ。が、その揺れる空気がやにわに輝きはじめた。

赤紫色の光である。兼定たちと同じ色のきらめきを念障壁が宿したのだ。

「みんな、めいっぱい念を使って、《白虎》を助けてあげて！　念力の壁をとびきり頑丈にして、リチャードさんの軍団を食い止めるの！」

兄貴分よりあずかった精兵たちへ、初音は力強く命じた。

それに応(こた)えて全兼定が銃槍(じゅうそう)を背中の留(と)め具にかけて、両手をフリーにする。

そして、赤紫色のレギオン四〇〇騎は一斉に右手の人差し指を一本だけ立てて、その指を左拳でつつみこんだ。

密教でいうところの印契《いんげい》──手と指を用いる呪術の仕草だった。

この形を智拳印《ちけんいん》という。銃と刃《やいば》ではなく、念力を武器とするための所作《しょさ》だ。ただし、初音の認識としては『忍者がマンガとかでよくやる手つきだわ!』なのだが。

「ほう!」

「敵・念障壁の強度、想定を……大きく、超えてい、ます」

白虎門に向けて、エスカリブール七〇〇騎の球状陣形が撃ちまくる。

しかし、通じない。赤紫色に染まった陽炎──念障壁のヴェールへ、銃槍の熱線がシャワーのように降りそそぐのだが、ことごとく中和されてしまう。

「たしかに堅い」

球状陣形の中央に陣取るリチャードはうなずいた。

乗騎である白き翼竜はゆっくり羽ばたくことで、空中での静止を保っていた。

「やはり、兼定どもが仕掛けている妙なまじないと関係あるのか?」

「は……い。おそらく、特殊な念導儀式によるもの、です。友軍レギオンの念を念導神格《イフリート》が取りこみ、念障壁を強化する……」

リチャードの肩の上で、精霊モリガンの依代《よりしろ》がつぶやく。

「検索、終了。第二次大戦当時、そのような術を使う精霊が──日本にいたという情報、確認、できました」

「ふうむ。箱根守護のため、往年の古兵でも引っぱり出してきたか」

にやりとリチャードは笑った。

「よかろう。こたびは籠城によって余と競うつもりならば、受けて立つまで。余の聖剣、エスカリブール諸君に告ぐ！　陣形を変えよ！」

レギオンが密集するほど、その身にまとう防御結界も重なり合い、厚みを増す。

つまり、軍団全体の防御力が増大するのだ。この効果を最大限に利用するための形がボール状に固まる球状陣形だった。

しかし、この状態では『球』の表面近くにいる兵しか発砲できない。

球内部にいるレギオンが撃てば、味方を撃つことになってしまう。ゆえに軍団本来の火力を活用したいときは横列など、できるだけ多くの兵が発砲できる形を取る。

リチャードが企図したのは『面』だった。

一〇〇騎ずつの横列を縦に七つならべて、白虎門の念障壁と相対させるのだ。

が、そのイメージを具現させるべくエスカリブールの軍団が移動を開始した瞬間、対面の念導神格《白虎》がひときわ雄々しく咆哮した。

グォオオオオオオオオオオオオォォォォォォォォォォッ！

「陛、下。天象勅令、による雷撃……多数！」

「よい！　あのような稲妻ごときで我が騎士団は滅びぬ。多少ぐらつくだけのこと。かまわず陣を組みかえよ、エスカリブール！」

天に暗雲が立ちこめ、雷の雨を途切れなく降らせはじめる。

轟！　轟！　轟！　轟！　轟！

轟！　轟！　轟！　轟！　轟！　轟！　轟！

電光の乱れ撃ちを受けて、赤き英国騎士たちが次々とふっとんでいく。

陣形を組みかえるために移動をはじめれば、どうしても軍団の密集はゆるみ、防御結界もうすくなってしまう。敵にとっては砲撃を加える絶好機なのだ。

だからこその天象勅令。

黒雲より無作為に放たれる雷の雨、多くのエスカリブールが浴びている。

だが、それでも。七〇〇騎という大軍団がまとう防御結界はゆるみが出ても、五〇騎、一〇〇騎の小所帯とはもともとの分厚さがちがう。

なんだかんだで雷撃の威力を大部分、吸収してはいた。

「レギオンを討たんと欲せば、レギオンに如くはなし。いくら城門を固く閉ざそうと、みじめにひきこもるだけではそれが限界よ！」

落雷に撃たれたエスカリブールは大勢いた。

彼らは電光の衝撃によってふきとび、ふらつき、多少のダメージを受けた——ものの、ほとんどが空中で体勢を立て直した。

そのまま全軍が陣形構築をつづけて、数分後。

ついに獅子心王のイメージどおり、『面』の陣形ができあがった。

まあ、英国レギオンのなかには運悪く、人間でいう心臓麻痺・脳震盪と類似のダメージを受けて、あえなく撃墜された者も二、三〇騎ほどはいた。

とはいえ、わずかな瑕である。満を持してリチャードは叫ぶ。

「撃てい！」

面状陣形となったエスカリブールが銃撃を開始する。

七〇〇騎弱の英国レギオン、その全騎が熱線を秒間一〇発ペースで連射しはじめ、赤紫色に染まった陽炎——第三鎮守府・白虎門をおおいかくす念障壁へ降りそそぐ。

それまで、念障壁は陽炎さながらにゆらゆらと揺れていたのだが。

その揺らめきがぐらぐらと激しいものになった。

「敵……念、障壁の、ダメージを確認。効いて、います」

「このまま斉射を続けよ。遠からぬうちに白虎門の壁は崩れる。余の騎士団が痛手をこうむるよりも先にな！」

一〇〇騎ずつの横列を縦に七つならべた、『面』の陣形。

これも密集陣形ではある。だが、やはり球状のそれとは厚みがちがう。面であるためにどうしても防御結界がうすくなり、今までより脆い。

端っこにいるレギオンの防御力はとりわけ脆いものだった。

当然、天象勅令の落雷を浴びれば、今までよりもダメージは大きくなる。

雷と銃槍の撃ち合いが続く。念障壁の分量を示す赤紫色の陽炎がじりじりと減少し、削られていく。対する赤き英国レギオンの軍団からも一騎、また一騎と脱落者が出て、むなしく墜落していく。

だが、念障壁の削られるペースの方が――かなり速い。

リチャードが早くも勝利を確信して、鼻息荒く「ふん」と吐き捨てたとき。

「陛、下！　敵レギオン……兼定の、奇襲です！」

「なに!?」

敵の兼定は全て白虎門内部にひきこもり、念障壁強化に専念している。

外へ打って出ようものなら、リチャード軍が仕掛ける銃槍連射の弾幕に呑みこまれて、八つ裂きにされるはずだった。

にもかかわらず、獅子の銘を持つ騎士王は見た。

面状陣形で密集するエスカリブールたちの間に飛びこんできた兼定――赤紫色のサムライどもが銃槍の刃を軽やかに振りまわし、彼の騎士たちに突き立てている！

数は多くないものの、まちがいなく橘征継の兵たちだった。

「どういうことだ!?」

いらだちながらも、リチャードは目を凝らす。

すぐにカラクリを理解した。天象勅令が雷雲より降らせる電光のなかに、赤紫色のレギオンが時折まざっている。

そう。落雷と共に、兼定が天より急降下してくるのだ。

そのまま高高度からの落下の勢いを乗せて、適当なエスカリブールに蹴りを喰らわせて撃沈させる。さらに手近な英国騎士へ空中接近戦(ドッグファイト)を挑む。

全エスカリブールが両手で銃槍をかまえ、白虎門への銃撃に集中していた。

どうしても接近戦への対応が遅れてしまう。ゆえにサムライ兼定が振るう銃槍をほとんど防御できず、為(な)す術(すべ)なく斬り伏せられる。

さらに言えば、ここまで接近されると防御結界は役に立たない……。

かくして、雷にまぎれるという思いがけない手法で突入してきた兼定が数十機、密集するエスカリブールのなかで好き勝手に大暴れしていた！

「エスカリブールよ！　サムライの接近には各自の判断で対応せよ。騎士の剣が侍(サムライ)の刀に屈することなど許されぬぞ！」

適宜(てきぎ)、白兵戦(はくへいせん)に移行せよ。そう指示して、獅子心王は舌打ちする。

「天象勅令の攻撃にレギオンを織りまぜ、射出するとは――こざかしい！」

「これも……念導儀式による、呪的効果です。《白虎》を制御する念導精霊(ジーニー)――モリガンと同等、あるいは、それ以上の霊格である、と、思われます」

精霊モリガンは淡々と報告する。しかし、精霊同士ゆえの敵愾心(てきがいしん)か。

いつも無表情かつクールな人形の表情が忌々(いまいま)しげにゆがめられていた。一方、リチャードは大きく眉(まゆ)をひそめたあと。

「ふん。城壁を恃みに、あくまで堅守にこだわるか」

本物の獅子のごとく鼻をひくつかせて、ぼそりとつぶやく。

「隠しているつもりであろうが……きなくさい仕掛けよな。だがよい。それを正面から打ち破ってこそ王者の威風というもの。騎士の流儀を見せつけてくれよう」

第五章

CHRONICLE LEGION 4

守護者応現

1

「傾いちゃった形勢、ちょっとは立て直せたみたいね」

初音はひとまず胸を撫で下ろしていた。

すこし前に天象勅令の雷と銃槍の撃ち合いがはじまった。白虎門を守る念障壁とリチャード軍のエスカリブール、明らかに前者の方が早く消滅しそうだ。

そう判断して、兼定を十数騎ずつ敵中に送りこんでいった。

限界が見えた以上、ひたすら楯のうしろに隠れるだけではダメだ。

相手の見せた隙に効果的な反撃をちくちく突き刺し、敵を好き勝手にさせないことで、楯が砕けるまでの時間をひきのばす——。

そういういやがらせの類も、防御法のひとつなのである。

「これでもうしばらくは保たせられるはず……。竜胆先生に感謝しなくっちゃ」

ついさっき、ここを死守すると初音は《白虎》の前で言い切った。

その瞬間に竜胆先生のささやき声が聞こえ、さらに、先生からの〝入れ知恵〟とおぼしき術法の用法がふたつ、頭のなかに流れこんできたのである。

レギオンと念導神格を同調させての障壁強化。

そしてもうひとつ、天象勅令によるレギオンの敵陣射出。

初音は翼竜の手綱を軽くさばいて、護国塔の屋上まで移動させた。ようやく竜から降りて、しっかりした石畳の床を踏みしめる。

第三鎮守府・白虎門でいちばん高い建物の屋上だった。

そのすぐ頭上には念導神格《白虎》のイメージ体が兼定三〇〇騎強をお供に鎮座して、念障壁と天象勅令の維持に集中している。

念障壁には、『面』の陣形となったエスカリブールが集中射撃を敢行中だ。

最初は七〇〇騎いた英国勢、今は六〇〇騎強というところか。その陣中に突入させた兼定は結局、一〇〇騎ほど。多勢に無勢ながらもヤクザ映画の主役よろしく獅子奮迅の大立ち回りを披露してくれている……。

天象勅令の雷にまぎれさせるやり方では、五月雨式にしか兵を送り込めない。

そこで思いついた〝鉄砲玉〟方式。不意打ちで仕掛けたおかげもあって、討ち死に前提で送り出した兼定たちは大善戦だった。

「まあ、八割方くらい先生のおかげかもだけど。初音も結構がんばっているから、そこはどんぶり勘定で『同じくらいの貢献度』にしてもいいわよね」

「あいかわらず、バカなことを口走る小娘だな……」

おまえのモノは俺のモノ的思考でつぶやいた途端、ツッコミが入った。

今日も初音は『はいからさん』スタイル。銘仙の着物に袴、短いブーツを合わせているのだが、いつのまにか着物の胸元に——巻物が挟まっていた。

藍色の巻物。見覚えがある。家伝の銘(めい)《九郎判官義経(くろうほうがんよしつね)》の具現体だ。

今のツッコミ、この巻物が少年の声で言い放ったのである。

「や、やっぱり図々しいかしら？」

「バカめ。いかに策がすぐれていようと、結局はそれを行う者次第。この戦場での手柄(てがら)は全ておまえのものだ」

「えっ？　それでいいの!?」

「この砦(とりで)を死守すると決めたのはおまえで、竜胆とか申す物(もの)の怪(け)は手助けをしたに過ぎん。家臣や助っ人の手柄は全て主(あるじ)に帰(き)するもの。そういうことよ」

かつて《銘》の継承時(けいしょうじ)に出会った少年形態の義経——牛若丸(うしわかまる)。

あのときと同じ、生意気そうな声であった。

「だが小娘。このまま堅守でいいのか？　念の城壁も、おまえの兄貴より借りた兵も、それほど長くは保たぬはずだぞ？」

「わかってるわ。でも、いいの」

意地悪な声で訊(き)かれても、初音は心を変えなかった。

「だからって、あせって速攻を仕掛けてもリチャードさんにはたいして効かないだろうし。それに、攻めるよりも守りに徹する方が遥(はる)かにかんたんなのよ」

幼少の頃より、豪傑(ごうけつ)・橘(たちばな)一族の女子部代表として武者修行および私的戦闘をみっちり繰りかえしてきた。そういう過激な日々のおかげか、初音の体には〝勝負の綾(あや)〟らしき何かが染(し)みついている――ような気もする。

集団戦の経験も用兵の知識もすくない以上、それに頼るしかなかった。

自らの感性を信じるのみと、初音はなかば開き直って、言い切った。

「しばらくこのまま守り切ってみせるんだから！」

「ふん……。面構えも口走る言葉も阿呆そのものなのに、なかなかどうして兵法の要諦をわかっている。阿呆な分、勘がいいのかもしれんな」

またしても牛若丸が意地悪そうに含み笑いする。

「せっかくあやまった道筋を教えてやっても、ひっかかるそぶりすら見せん」

「今のってひっかけ問題だったの!?　珍しく軍師っぽいこと言うと思ったのに!?」

「なに……巣穴にこもる熊よろしく城に隠れる意味、わかっているのならいい。それを承知で穴熊となったのなら、手柄はやはりおまえのものだ」

「そ、そう」

「さきほど唐国の衛将軍が疾戦の妙を語っていたな。たしかに風のごとき速さで、火のごとく敵陣を侵す兵法は華々しく、真似たがる将は多い。だが、よほどのいくさ上手でなければ持てあますだけよ。この日本でも何十年か前、帝國軍を称する輩がその愚を繰りかえし、無惨に自滅していった」

「………」

初音をからかったあとに兵法の理を説く牛若丸＝源義経。

その物言いはどこか知的ですらある。初音は驚き、目をぱちくりさせた。

伝え聞く源平合戦での義経、いくさには強いが政治的に上手く立ちまわれず、兄・頼朝に孤立無援となるまで追いつめられた――。

武辺者かつ、単純思考の世間知らずというイメージだったのだが。

もしかしたら〝本物〟はちがうのかしら？　興味にまかせて、初音は言った。

「義経さんは……ほかの《銘》とちがって結構おしゃべりよね」

「ふん。おまえの兄貴と同じで、オレも封じられたクチだからな。やつは記憶を、オレは九郎義経としての体を」

「え――っ？」

「たまには無駄話のひとつもしたくなる。この程度はつきあえ」

「そ、それはいいんだけど、封じられたって――誰に!?」

「あのじじいふたり……武家の守護神たる北斗妙見の神力を借用する術使いどもだ。名は知らぬが、オレの生きた世の何百年かあとに名を売った連中らしい」

愕然とする初音のふところで、巻物は忌々しげにつぶやく。

「機会があれば仕返しのひとつでもして、体を取りかえしてやるのだがな」

その話もっとくわしくと叫びかけて、寸前で呑みこんだ。

今、初音のまわりには念導術で生み出されたウインドウが一〇個以上も開いている。全て戦闘の模様や周辺状況をモニターするための映像である。

駿河（するが）の地にいる竜胆先生が《白虎》を制御しつつ、開いてくれたのだ。

そのひとつが看過（かんか）できない変化を表示していた。

「これってやっぱり、そういうことよね……」

つぶやきながら、初音が注視するウインドウ。

それはリチャード軍を上空から俯瞰（ふかん）している映像だった。

集中砲火を浴びせるために英国勢は面状陣形となり、白虎門の念障壁と対峙（たいじ）している。上から見おろせば『＝』の形であるわけだが。

その中央部がすこしずつ、前にでっぱりはじめている——気がした。

予備動作であると初音は直感した。面状陣形はこの動きを続けて、『△』の形になろうとしている。最終的に楔形（くさびがた）となるはずだった。

「リチャードさん、いよいよ勝負を決めにくるんだわ！」

「おまえもぬかるなよ。最後でしくじれば手柄も何もない。せっかく温存しておいた意味もなくなってしまう」

激励ではなく、明らかにからかう口調で牛若丸が言う。

最終局面の予兆、彼もとっくに気づいていたのだ。初音はすぐに言いかえした。

「まかせて！　大金星、絶対に取ってみせるんだから！」

2

戦況が一気に動き出す——否。

激しい情熱の発作と共に、リチャード獅子心王が動かしにかかる。

「我が騎士たちよ……。突撃こそ戦場の華である。その麗しき華を鮮血の赤で彩る大役、今こそ貴公らにゆだねようぞ」

出陣のとき、獅子心王の赤き騎士たちは七〇〇騎いた。

現在は六一二騎である。これだけいれば十分。面状陣形から楔形陣形への移行はすみやかに完了していた。あとは『突撃せよ』の号令をかけるだけだ。

「橘め、巣穴から結局動かずじまいか」

リチャードは唇を舐めた。

凡将か愚将であれば、陣形変更をはじめたエスカリブールを見て、あわてて念障壁の外に軍団を動かしただろう。陣形の乱れを突くためだ。が、向こうの攻撃態勢がととのう頃にはすでに英国騎士の赤き楔は完成していたはずだ。

獅子の軍団はそれほどに忠実で、統率がゆきとどいている。

凡愚に仕えるレギオンたちは、憐れな生け贄として打ち砕かれるのみ——。

「くくく。橘がそのような愚を犯すはずなし。となれば、べつの一手で余の頸をかきにくるのであろうが……それこそ望むところよ」

駿河にいるという敵将、いかなる手で箱根に帰還したかは不明だ。

しかし、いつもの大胆不敵さはまだ見せないものの、今にも何かを仕掛けてきそうな剣呑さ――武将としての才気はあいかわらずだ。

獣の嗅覚でそれをかぎつけながら、獅子心王はあえて危地に飛びこむ！

「いくぞエスカリブール諸君！　突撃せよ！」

念障壁は赤紫色に揺れる陽炎として、白虎門をおおいかくしている。

そこへ、六一二騎いるエスカリブールが楔形陣形の尖った先端を向けている。そして、この巨大な楔の――前半分がいよいよ前進と加速をはじめた。

うしろ半分はその場に残り、リチャード王を守護する近衛となる。

この壁を砕くには三〇〇騎で十分すぎる。猛りながらもそこは冷静に計算をする、百戦錬磨の騎士王であった。

崩壊は実にあっさりだった。

エスカリブール三〇〇騎による楔形陣形の先端が突き刺さるや否や、赤紫色の念障壁にあっさりと穴が穿たれた。

しかも、赤きレギオンたちはそのまま全力飛行と前進を続けて――

開いた突破口より、続々と白虎門内部に飛びこんでいく。陣形も解除して、敵陣侵入を果たしたエスカリブールらは護国塔(ごこくとう)をめざした。

鎮守府(ちんじゅふ)の中心であり、その上には念導神格(イフリート)《白虎》が顕現(けんげん)している。

一方、白虎のまわりに貼りついて、智拳印(ちけんいん)の形に手指を組んでいた兼定(かねさだ)たち。

初音(はつね)が一〇〇騎を鉄砲玉にしたため、残り三〇〇騎。両手をほどき、ついに銃槍(じゅうそう)をふたたび手に取って、エスカリブール三〇〇騎を迎え撃ちにかかる……。

白虎門内部には一応、関東将家(しょうけ)の騎士侯(きしこう)もいるはずだ。

が、端(はな)から当てにしていない。護国塔の屋上で、初音はつぶやいた。

「こっちもいくわよ、みんな」

この正念場のために温存しておいたのだ。

代わりに、門内のことはおろそかになるだろうが……あとは野となれ山となれ。今、全力を注ぎこむべきは〝外〟での決戦だ！

「敵人(てきじん)の空虚なる地、無人の処(ところ)を知らば、以(もっ)て必ず出(い)ずべし。敵を衝(つ)き、陣を絶(た)ち、皆その死をいたせ」

初音は今、ふたたび翼竜(よくりゅう)の鞍(くら)にまたがっていた。

飛行準備を終えたうえで、今日二度目の武勲(ぶくん)使用。疲れはててヘロヘロになるだろうが、前に居眠り中の体を運んでもらったこともある。どうにかなるはずだ。

「我が武勲《虎韜必出(ことうひっしゅつ)》をとくと見よ！　みんな、ちゃんとついてきてね！」

みんな――エスカリブールとの白兵戦(はくへいせん)をはじめた兼定三〇〇騎ではない。

彼らといっしょに中央発令所から連れてきたまま――白虎門敷地内の地上に、待機させていたのだ。神威型レギオン・九郎判官の軍勢を。


「陛下。六〇度上方に……敵、軍団出現！」

「上だと？　また稲妻を使う気か。よい、所詮その場しのぎの手妻よ」

「い――え。神威型が八二騎、一個軍団……です！」

「ほう！」

ついに来たか。むしろ、納得の思いで精霊モリガンの報告を聞いた。

白き翼竜の鞍上で、リチャード一世は腰の長剣を抜く。

「どんな術で飛んできたかは知らぬが――そこに来た以上、狙いは余だな！」

リチャード軍より見て、ななめ上方。

彼我の距離は四、五キロほど。その位置に新たな敵部隊はいた。

精霊モリガンの映す情報ウインドウを確認。八二騎は紡錘形に密集している。やけに頭が長い神威型だ。カラーリングは白。赤い衣をまとっている……。

「兼定では、ないだと？」

リチャードが唖然とした瞬間、攻撃は繰り出された。

紡錘陣形の敵軍がななめ下方のリチャード軍めがけて、突っこんでくる。急発進および急加速で、全速飛行だ。通常の神威型よりも身軽なのか、八二騎の敵軍はほんの一瞬でトップスピードに乗り、全力飛行で——突撃してきた。

誰あろう、騎兵突撃の第一人者というべき獅子心王の軍団に対して。

まさか橘征継ではないというのか!?

疑問をよそに、東海道勢の突撃はみごとに決まった。

リチャードを守るはずだったエスカリブール三一二騎、ちょうど楔形陣形から分かれたばかりで——まだ陣形をととのえていなかったからだ。

そして、謎の神威型八二騎は一気に来た。

三一二騎の英国レギオン、この集団のほぼまんなかにいたリチャードのすぐ前まで、紡錘陣形の先端をまっすぐ深々と突きこんできたのである。

東海道勢の進路上にいたエスカリブールたち、ほぼ即死だった。

頭の長い神威型が突き出す銃槍の穂先で刺し貫かれ、突進および体当たりをぶちかまされて、次々と絶命していった。

が、やはり獅子心王の精兵。

突撃してきた日本レギオンの仮面・喉笛・心臓などの急所へ、英国銃槍の刃を突き立てながら死んでいくエスカリブールもなかにはいた。相打ちである。

ともあれ、戦況は大きく変化していた。

獅子心王を守る密集陣形の奥深くに、日本の神威型が犠牲を出しながらもどうにか突入をはたしたのである。

「ふん。盛りあがってきたようだな」

初音の懐で、巻物＝源九郎義経が言う。

「機会があれば、オレもすこし手伝ってやろう。興が乗ってきた」

「ほ、本当!?　猫の手も借りたいときだから……し、正直ありがたいわ！」

生意気な少年の声で言われて、息を切らせながらも初音はよろこんだ。もしかして牛若丸とか遮那王って呼ぶべきなのかしらと思いつつ。

初音が彼の銘のもと召集した軍団は——突撃を終えた直後である。

はじめにまず、武勲《虎韜必出》で白虎門の外に瞬間転移。

かなり反則気味の能力なのだが、実はレギオンの念が密集する場所には移動できないという制限がある。だからリチャード軍の数キロ上に位置取りした。

ひきいるは九郎判官、八二騎（今までの戦果のおかげで騎力が一〇アップしていた！）。

その全てをたたきつける全力突撃。

まさに一ノ谷の逆落とし。断崖を駆けおりるがごとき突入だった。

突撃戦法をこよなく愛するリチャード王への挑戦状……ではなく。『どかんと派手にいけるし、これがいちばんだわ！』で選んだ戦術である。

エスカリブール三一二騎からは、八五騎の犠牲者が出た。

八二騎の九郎判官からは、二四騎の犠牲者が出た。

数で大幅に勝る敵軍へ突っこんで、この戦果。今までの仕込みがあればこそだ。

「がんばって穴熊を続けた甲斐があったわね……」

白虎門にひきこもりながら、ずっとこの突撃を狙っていた。

が、素直に仕掛けても成功するはずない。だから、ひたすら防御に徹することで敵の突撃を誘った。結果、どうにかリチャード軍（半分だけだが）を門内にひきずりこみ、密集陣形を大きく崩すことに成功した。

しかも、敵は伊豆から箱根への高速移動と戦闘でかなり消耗している。

わずか八二騎の紡錘陣形でエスカリブール三一二騎の陣容を鋭く切り裂けたのは、それらを積みかさねた成果である――。

敵陣の奥深くまで来て、初音はついに敵将の姿をその目で見た。

「あれがリチャードさんね！」

金髪の巨漢だった。黒い将校の軍服に赤いマントを合わせている。

白き翼竜に騎士のごとくまたがり、片手用の長剣を右手に持つ。威風堂々たる将軍ぶりだった。まあ、逞しい肩に女の子の人形を載せるセンスはほんのすこし微妙だが。

伝説的英国王も――竜に乗る橘初音を凝視していた。

「小娘、だと……？」

リチャードは激しく驚いていた。

何かがショックだったらしい英国の復活者。きっと初音の可憐さが意外すぎて驚いただけよ

ねと無理矢理納得する日本人少女。

　生き残っているエスカリブールは二二七騎。九郎判官は五八騎。

　四倍近い戦力差だが、初音は明るく叫ぶ。

「狙いは大将頸、リチャードさんだけよ！　あの人をしとめれば、赤いレギオンはみんな木偶人形になっちゃうんだから！」

　オオオオオォォォォォオオオオオオッ！

　初音の号令に応えて、五八騎の九郎判官が一斉に吠えた。

　すでにそこかしこで日英両軍入りみだれての乱戦がはじまりつつある。銃槍の刃を槍として振るい、至近距離から熱線を浴びせる接近戦の開幕だ。

　そのなかにあって、九郎判官をひきいる初音はぜいぜいと息を荒らげている。

　体力消耗の大きい武勲を立てつづけに二度も使い、疲労が大きいのだ。そして、息をととのえようとしているときに——彼は来た。

「橘征継ではなく、その配下が来たか」

　リチャード一世が初音めがけて、白き騎竜を突っこませてきた。

「軍団長自らが体を張らぬとは、やつも怠惰になったものよ！」

「なに言ってるの。この白虎門を守る大将はお兄さまじゃなくて！」

　白き翼竜と青き翼竜、日英の乗騎と軍団長同士。

　いよいよ、直に干戈を交えられる距離にまで近づく形となった。あと数メートル竜を進ませれば、刀剣での斬り合いもできる間合いだ。

「ここにいる橘初音なんだからっ。まちがわないで！」

「なんだと!?」

驚きながらも、リチャード王は右手の長剣で斬りこんできた。

飛びかかる獅子にも似た速さ、鋭さ。騎士王の呼び名にふさわしい斬撃。だが、もちろん橘初音も腕自慢の喧嘩上手。いつもなら自力で防ごうとするところだ。

しかし、武勲の連続使用でへろへろになっている今。

竜の手綱を持つだけで精一杯というありさま——だから叫んだ。

「おねがい、義経さん！」

「むっ!?」

リチャードの斬撃を払いのけたのは、初音の右手に現れた扇子だった。

鉄製などではない。ふつうの扇子。木と紙でできている。こんな代物で鋼の刃と立ちまわりをする——かつて継承儀式のとき、少年形態の九郎義経が見せた妙技である。

あのときは陰陽師の衣をまとう〝牛若丸〟を見た。

それと同じ姿の幻影が今、初音の体に重なり、にやりと生意気に笑っている！

「英吉利国の獅子王よ。《九郎判官義経》の兵法、しかと見とどけたか」

しかも、少年の声で挑発までするおまけ付きで。

牛若丸の幻影体はなかば透きとおっていたが、抜群の存在感だ。対してリチャードは「ぬうん！」とあらためて剣を振るう。

二太刀目、三太刀目がほとんど同時に飛んでくる疾風の剣だった。

ぱし、ぱしとそれをしなやかに払う扇子は五月の薫風さながらにおだやかだった。

そして、獅子心王はいつのまにか涼やかな目で初音と、着物の襟にはさんだ巻物をまっすぐ見つめていた。そのうえで言う。

「……認めよう。極東の英名とその使い手の器量を」

重厚にして、深みのある美声。王者にふさわしい声だった。

「橘征継にしては、たしかに軍団の動きが鈍かった。彼奴の兵を借りて、しかもそれに頼り切らず、余の闘志をあおる捨て駒に使ったか。よい采配だ」

やはり、ただの激情家ではない。

闘志と情熱をほんのすこし抑えることで、そのあとの燃焼をより激烈にできると承知している人物なのだ。

「若き騎士よ。よく余のふところに飛びこんできた。が、善戦もここまでだな。その巻物があれば、余との一騎打ちをひきのばす程度はできようが――」

にやりと笑い、獅子は剣の切っ先をふたたび初音に向ける。

ねばられても負ける気はしない。暗にそう豪語し、挑発している。

「たがいに直率する兵力は圧倒的に余の側が大きく、白虎門の念導神格もそろそろ力を使い果たす。そなたに勝ちの目はもうない」

「そんなことないわ」

初音も負けていられない。挑発には挑発をきちんと返す。

「こっちにはちゃんと、とっておきの隠し球があるんだから！」

「ほう！」

リチャードが好奇心で目を見開いた瞬間、それは起きた。

初音たちの後背――白虎門の方角から、膨大な量の光がいきなり発生して、黄金色の輝きで周囲の山々と芦ノ湖を煌々と照らしはじめたのである。

3

白虎門内部での戦闘は一方的だった。

一〇分ほど前に侵入したエスカリブール三〇〇騎の勢いに、迎え撃つ側の兼定三〇〇騎が圧倒されていたのである。

兼定たちを借りたのは橘初音。だが、九郎判官の指揮もはじめてしまった。

その影響で、白虎門にこもる兼定たちの動きはひどく鈍ったのだ。

もともと他人のレギオンであるうえに三〇〇騎という数。騎力八二の初音には、まだ御しきれない大軍なのだ。兼定たちは形ばかりの抵抗はするものの、すぐに闘志全開のエスカリブールが振りまわす銃槍の刃を防ぎ切れなくなり、ばたばたと斃れていった。

護国塔の上空から惨事を見守るのは念導神格《白虎》。

名前どおり、白い毛皮を持つ巨大な虎である。だが戦闘のさなか、その姿に——いきなりの変化が起きた。

毛皮が黄金色に変わり、額に『皇』の一字が現れたのである。

グゥウゥォォォオオオオオオオオオオッ！

金色となった念導神格が雄々しく吠えた。すると雷雲ではなく、《白虎》の巨体から天象勅令の雷撃が直に放たれた。

それも単発ではない。十数発まとめて『どかん』と。しかも連射だった。

この雷を至近距離で一発喰らうと、エスカリブールも兼定もあっさりふっとばされて、かんたんに動かなくなった。昏倒するのである。

雷撃は休みなく放たれ、日英双方のレギオンを分け隔てなく薙ぎ倒していく。

通常の天象勅令では、一発でレギオンをKOできる威力は出せない。

距離が近くなったことと、なにより《白虎》の念が今までの倍近く増えたこと。その双方が原因だった。そうと気づいて、いきなりすぎるパワーアップをはたした念導神格から距離を置こうと——白虎門の外へ出ようとするエスカリブールもいた。

が、無理だった。

早くも念障壁が復活していたのである。

陽炎のようにゆらゆらと揺れる念力のヴェールも——黄金色に輝いていた。

リチャード軍の楔形陣形が空けた突破口もすでにふさがれていた。この壁、また力ずくで破らないと外に出られない。

……さっき突入したばかりのエスカリブール三〇〇騎。

いつのまにか白虎門内部に閉じこめられていた。念導神格の放つ雷撃がエスカリブールも兼定も容赦なく襲い、なかのレギオンをまとめて掃討しようとしている……。

念導神格の変化は、箱根の四鎮守府全てで発生中だった。

東の青龍門上空では、額に『皇』の字を戴く黄金龍が巨体をうねらせている。

南の朱雀門上空では、同じく『皇』を戴く黄金の大鳳凰が両翼を広げている。

北の玄武門上空では、蛇を尾とする黄金の巨大亀がその額に『皇』を戴いている。

これこそがかつて英国軍の《モルガン・ル・フェイ》、そして日本の皇女志緒理が成就させた――四位一体の念力統合。

この青龍・朱雀・白虎・玄武のユニットを《四神》と呼ぶ。

東西南北の神格を霊的に結合させて、《四神》と為す奇跡である。四体分の念をひとつにまとめ、単独時よりも力を三～四倍に高めるのだ。

そして、四神同士はさまざまな形でたがいをサポートし合える……。

「モルガンなんとやら、たしかに図抜けた霊能を持っておるのじゃろう」

つぶやく竜胆先生の前で、勢いよく焔が燃えていた。

駿河鎮守府の護国塔、その屋上には——護摩壇が急遽四つも用意され、そのまわりで一六個もの篝火が焚かれていた。

太陽は西の空へと沈みはじめている。黄昏時のはじまりだった。

が、竜胆先生と皇女志緒理はそろって巫女装束に身をつつみ、逆の方角——東の空を見つめている。日出ずる方位であり、箱根、さらには東京が位置する方位である。

「だからこそ日本の念導神格も祈伏できた。が、やはり英国の神では限界がある。姫のように遠方からの祈念で《四神》を覚醒させることまではできなかったようじゃからな」

「ええ。中央発令所の記録からもそれは推測できます」

志緒理はうなずいた。

維新同盟と英国軍が箱根にいた頃、《モルガン・ル・フェイ》の神格基盤は中央発令所の地下に設置されていた。彼らの撤退時に基盤は抜かれていったものの、東海道州の念導士官らが操作記録の復元に成功したのである。

この事実を〝今回の駆け引き〟に利用すべく、志緒理たちはここに来たのだ。

まもなく後夜祭だという学園祭から抜け出して、駿河鎮守府の護国塔に登り、その頂から箱根に念導力を送り、四神覚醒に取りかかる……。

この儀式が成功したと、志緒理と先生は遠方にいながら察知していた。

「これも天龍公の名代である姫ならではの芸当じゃ。……まあ、四神を呼び起こしている間に箱根の方で大事があれば、全て絵に描いた餅ではあったが」

「結局、二時間以上もかかってしまいましたからね……」

志緒理はひっそりとつぶやいた。

「いろいろむずかしいなか、初音はよくやってくれました」

待っていれば四神が覚醒すると、橘初音は知っていた。

だが、正確な時間まではわからない。さらに、ふたを開けてみれば相手はリチャード獅子心王。〝ひたすら防御に徹する〟だけで守り切れるほどイージーな敵ではない。

それでも四神の応現まで白虎門を守り切る――。

みごとな功績だった。ふぅ。志緒理は肩の力を抜いた。

「あとは運を天にまかせましょう。衛青将軍もいらっしゃいますし、最後のだめ押しをふくめて、人事は十分に尽くしたはずです」


そして、白虎門上空。

念導神格《白虎》の左右に、新たな神格がやにわに顕現した。

黄金の巨竜と化した《青龍》と、黄金の蛇亀と化した《玄武》である。そう。四体もの念導神格の念をひとつに統合するだけではない。青龍・朱雀・白虎・玄武がほかの鎮守府の支援にもいけるようになるのも四神システムなのである。

ただし、《朱雀》だけはいない。

衛青将軍や関東の騎士侯と共に、第二鎮守府・朱雀門を守護しているからだ。

ともあれ、芦ノ湖西岸の空に三神が集結した。

騎竜の上でそれを目撃して、初音は「やったわ！」と拳をにぎりこみ、リチャードは「ふ……む」と眉間にしわを寄せた。

「刀を貸して、義経さん。あと、もうちょっと労働してくれるとうれしいわ！」

「ちっ。調子に乗っているな、小娘！」

初音が言えば、すかさず憎まれ口が返ってくる。

が、ふところから抜き出した巻物は一瞬にして大太刀に変わり、初音の腕力とは異なる超常の力がその得物をさっと一振りした。太刀風が『ひゅん！』と起こる。

本人の宣言どおり、九郎義経も乗っているのだろう。

しかし、次の瞬間。

リチャード獅子心王がぐっと左手を突き出してきた。

「我が身よ、聖剣の奇跡を宿せ！」

「えっ!?」

「誰ぞ出合え！　オレたちを守れ！」

いきなり騎士王の左腕が巨人サイズ——エスカリブールの腕となり、初音と騎竜めがけてのびてきた。その深紅の掌でつかみとられるという寸前、初音の持つ大太刀が九郎義経の声で叫び、同時にレギオン九郎判官の一体が疾風の速さで飛んできた。

「何、その反則技!?」

驚愕する初音の命、風前の灯火というところで。

ガキッ！　英国レギオンの掌を割りこんだ九郎判官が右肩で受けとめる。

「王の手を止めるとは僭越だな、雑兵！」

エスカリブールの腕と化した左腕を、リチャードはぐっと振りまわす。

今度は拳だった。バックハンドブローで九郎判官の横っ面を殴打し、大きくふっとばしてしまった。騎士王の腕はサイズだけでなく、レギオンと同等の膂力を宿している！

また、どこかで銃槍の発射音が三つ続くのを初音は聞いた。

「おねがい、逃げて！」

リチャードの術にまだ驚いていたものの、とっさに翼竜の腹を蹴る。

直後、近くにいたエスカリブールが放った銃槍の三連射を――どうにか逃れられた。翼竜がさっと旋回し、位置を変えてくれたおかげだ。この射手には九郎判官の一騎が報復の熱線を撃ち、頭部を吹き飛ばすことで始末がついた。

そして、その間に。

獅子心王は馬首ならぬ翼竜の首を巡らして、さっと後方へ飛んでいく。

「えっ？　リチャードさん、退がっちゃうの!?」

「ふん。あんな気性のくせに、どうして抜け目のないやつだな」

初音の手のなかで大太刀が巻物にもどり、少年の声でつぶやく。

見れば、飛び去るリチャードの背後を三騎のエスカリブールが固めて、護衛していた。数騎の九郎判官がそのあとを追っていく。が、途中でべつの敵兵に襲いかかられて、戦闘になってしまう……。

「あの暑苦しい男、白虎門をこれ以上攻めても益なしと断じたのよ。四神がそろった箱根を陥とすには日が悪い。また次の機会でいいと」

「そ、そういうものなの？」

「当たり前だ。おまえたちも箱根を攻めるとき、東西南北の四方から同時に襲いかかっただろう？　そうでないと手すきの神格がべつの砦を加勢してしまう。ちょうど今、白虎門にデカブツが三体もそろったようにな」

巻物＝九郎義経が語る言葉に、初音は大きくうなずいた。

――すでに形勢が変わりつつあった。念導神格《白虎》はあいかわらず念障壁の内部で雷撃を放ちつづけ、侵入してきたエスカリブール三〇〇騎（と兼定の軍団）を一方的に痛めつけている。ほどなく全滅まで追いこめるだろう。

念導神格《青龍》と《玄武》の方は鎮守府の防御にまわる必要がない。

そこで、持てる念力を全て〝攻撃〟に利用していた。

クァァァァアアアアアアアァァァァァァァァ――――ッ！

クァァァァアアアアアアアァァァァァァァァ――――ッ！

青龍・玄武が咆哮するたび、口から黄金に輝く光の玉が放たれる。

これは念力を圧縮した一種の砲弾であり、神秘的攻撃でしか傷つかないレギオンも粉砕できる飛び道具だった。

狙うは、白虎門の外にいるエスカリブールの軍団。

獅子心王が直率し、初音指揮下の九郎判官たちと戦闘中の英国騎士だった。

念砲弾は決して命中率は高くない。が、直撃すればレギオンの手足を余裕でふきとばし、戦闘不能に追いこむ威力を持っている。

青龍・玄武は一〇秒間に一発というペースで念砲弾を連射し、弾幕としていた。

「は、初音たちもいるのに撃ってきちゃった!?」

「かまうまい。英国の兵ども、まだオレたちの四倍近くいる。運悪く当たるやつはあちらの方がよほど多かろうよ。それに——邪魔者はむしろオレたちだぞ」

今度こそ軍師役をやる気になったのか、巻物＝九郎義経が語る。

「敵将を取り逃がした時点で、オレたちの分が悪くなったからな。それを埋め合わせるためにも、もっと景気よく撃たせた方がいい」

「とっとと退散が吉ってことね。みんな、この辺から早く離れて！」

すばやく察して、初音は指示を出したのだが。

白虎門手前の空中では日英双方のレギオンが入り乱れて、そこかしこで白兵戦が繰りひろげられている。

いまだエスカリブールと交戦する九郎判官は多かった。

銃槍の刃を猛々（たけだけ）しく振るい、たがいの装甲と肉体を直に傷つけ合う攻防である。こちらの都合ですぐに中止はできない。初音配下の撤退は遅々（ちち）として進まなかった。

尚、数で勝るエスカリブールには手すきの者も多かった。

そういう連中は飛び去ったリチャード一世を追う形ですこし後退し、球状陣形の構築をはじめていた。防御結界の厚みを増すためだ。そうして念砲弾を中和できるようにしたうえで、整然と撤退するつもりなのだ。

一手間余計だが、その方が結果的に犠牲はすくなくなると。

「このあたりも将としての力量だな。覚えておけ、小娘。攻める守るだけでなく、退くことも達者になって、初めて良将の呼び名に値（あたい）する」

「ううう。肝（きも）に銘（めい）じておくわ」

巻物の教えに苦い思いを噛みしめつつも、初音は頭をしぼろうとする。このままでは兵たちといっしょに初音自身まで乱戦に巻きこまれて、戦死しかねない！

だが、そのとき。

思いがけない援軍が現れた。

銘刀（めいとう）・和泉守（いずみのかみ）兼定を抜刀（ばっとう）した赤紫色の神威（かむい）型レギオン一〇〇騎。

天然理心流（てんねんりしんりゅう）の使い手たる兼定の軍勢がいきなり戦場の空に召集され、いまだ日英のレギオンが銃槍で斬り合う乱戦のなかに突入し――

九郎判官の助太刀（すけだち）に入ってくれたのである。

白虎門を守っていた兼定ではない。あちらはほとんど全滅している。

「まさか、お兄さま!?」

初音はぱっと表情を明るくした。

4

征継は駿河へ赴くにあたって、兼定四〇〇騎を箱根に残していった。

妹分の初音にあずけて、箱根防衛に役立たせるためだ。

さらに『伊豆・長浜鎮守府より維新同盟のレギオンが出陣』の報を聞くや、ひとり翼竜に乗って、東へ——箱根の関へと飛び立った。

駿河からレギオンをひきいて救援に……とはしない。

そんな真似をすれば、すぐに《モルガン・ル・フェイ》あたりに感づかれる。迎撃の軍団を派遣されて、箱根に到着できないオチもありうる。

だから単騎だった。この方が目立たない。

また、征継には切り札もあった。

かつてリチャード獅子心王との一騎打ちでおたがいに繰り出し合った術。『召集したレギオンと己を同化させ、生身の肉体を強化する』だった。

一騎だけ召集した兼定と同化して、我が身と翼竜を運ぶ——。

これならレギオンの最高飛行速度で移動できる。時速二〜三〇〇キロという速度域でまっすぐに箱根へと急ぎ、ついに白虎門へ到着したのである。

現地ではちょうど、四神覚醒の呪儀が成立した直後だった。

空に君臨する念導神格《白虎》。その左右に《青龍》と《玄武》がならび、黄金に輝く念障壁のヴェールが白虎門を神々しく守護している。

リチャード軍は撤退の気配を見せはじめ、逆に初音の軍団はなかなか退けずにいる。

生き残りの九郎判官は四〇騎弱というところか。

「初音ひとりで、ここまでやったか」

空の高みから戦況を見わたせば、初音の勇戦ぶりを察することはできる。

唇をうすくゆがめて、征継は微笑した。

「召集。皇女殿下の御名のもとに——集まれ」

いよいよとばかりに兼定を召集する。

駿河鎮守府の水霊殿ではあえて《鎮守の契約》を結ばず、本拠地は箱根のままにしておいたのである。初音にあずける分の兼定をここに残すため、そして、こうして緊急帰還したときにすぐ援軍を召集するために——。

直前に立夏からも霊液を分けてもらっている。

ひとまず一〇〇騎を召集し、抜刀。九郎判官らの助太刀に向かわせた。

征継が呼べるレギオンはもういくらも残ってないが、なんとかなるだろう。そちらはたいして心配せず、代わりに、獅子心王ならざる敵将のことを想う。

「さっきの竜たちは……やはりエドワード王子の差し金か」

実は箱根へ飛んでくる途中、何度か白い翼竜を見かけたのだ。

人は乗せていない。偵察任務中とおぼしき、英国の飛行随獣たちだった。あの連中に発見・追跡されたら、箱根への移動を妨害されかねない。

だが、視力二・〇の橘初音があきれるほど、征継は目がいい。

数キロ先を飛ぶ英国籍の翼竜が視界に入った瞬間、飛行のため同化していたレギオン・兼定へ即座に狙撃を指示。射殺することで、ここまでつつがなく到達したのである。

途中で見た〝白い大鷲〟は銃撃せず、自由にさせておいたが……。

「もういいようだな」

征継は騎竜だけを供として、悠々と戦場の空を飛ぶ。

初音ひきいる九郎判官は助太刀に入った兼定といっしょに、第三鎮守府・白虎門の近くまでどうにか後退していた。

そして、一〇秒間に一発のペースで念砲弾を連射していた青龍・玄武。

友軍が退いたことで連射速度を二、三倍速めて、さらに弾幕を厚くする。

一方、生存するエスカリブール一八七騎はリチャード一世の統率のもとに集結し、球状陣形をついに構築してみせた。

じりじりと白虎門の前より、撤退をはじめている。

今回の箱根攻防、これで一応の決着か——そう思われたのだが。

「あら？」

初音は首をかしげた。

生き残った九郎判官三六騎と共に、白虎門念障壁のそばにいた。

鎮守府護国塔の上に顕現した青龍・白虎・玄武を守るように空中で静止し、待機しているのである。兄貴分が援軍によこした兼定たちも一〇〇騎から八三騎に数を減らしていたが、初音たちと同じ位置にいる。

所属不明のレギオンが一騎、そんな初音たちの前にやってきたのである。

奇妙な姿だった。

全長八メートルの巨体を黒い外套ですっぽりと隠している。

ただし、颯爽たる軍衣ではない。生地はボロボロ、フードまでかぶって、肉体・仮面を極力さらけ出さないようにしていた。

が、フードの奥では蒼黒い焔がふたつ、眼球のあるべき位置で燃えている。

「な……何なのかしら、一体？」

ぬらぬらと蛞蝓が這うさまを彷彿とさせる飛行で、謎のレギオンは接近してきた。蒼黒く燃える瞳が見つめる先には、青龍・白虎・玄武がいる。

所属は不明。銃槍も持っていない。

非武装の闖入者だが、どう見ても曲者だろう。初音が「撃つ準備をして！」と指示を出した瞬間、不気味なるレギオンは――嘯声を発しはじめた。

ウウウウウウウウォォォォォォォォォォォォォ…………。

それはあたかも、地の底ですすり泣く死人の声がここまで伝わってきたかのような。

なんとも不吉な《戦場の歌》だった。


「何のつもりだ、あのレギオンは？」

征継はつぶやいた。

三体の念導神格や初音たちよりも高みを飛び、戦場を広く見わたしている。

司令塔として各軍団を後方からコントロールするためだった。一武将として最前線へ赴く方が性に合っているものの、自分はこういう仕事にも意外と慣れているらしいと、やりはじめてから自覚した――。

そんな折に気づいたのである。妙なレギオンの闖入に。

ただ一騎だけ、蛞蝓が這うようにぬらぬらとした動きで飛行してきた。が、決して遅くはなく、なかなかに高速だった。

蒼黒い焔の目をフードの奥で燃やす、所属不明のレギオン。

皇国日本だけではなく、大英帝国・東方ローマ帝国のどちらの陣営にもあのような種のレギオンはいないはずだった。

そのレギオンは青龍・白虎・玄武の三神に近づきながら、謡いはじめたのである。

ウウウウウォォォォォォォ…………。

ウウウウウウォォォォォォォォォォ…………。

ウウウウウウウウォォォォォォォォォォォ…………。

念導攪乱をはじめ、さまざまな神秘的効果をもたらすための《戦場の歌》。しかし、それは雄々しき咆哮であるはずだった。

だというのにこの嘯声はもの悲しく、不気味で、それでいて美しかった。

死者を弔う鎮魂歌のごとき風情すらある。だが、征継にその哀切な響きを鑑賞する余裕はなかった。

「――!?」

歌の開始に合わせて、三神がそろって身震いをはじめた！

なにか耳障りなものを聞き、不快感に耐えかねている。そういう仕草に見えた。現に青龍と白虎のイメージ体は機嫌悪そうにうなり声を発して、険しいまなざしを焔の目のレギオンに向けている。今にも攻撃をはじめそうだ。

だが、征継は気づいた。

三体目の神格・玄武。こちらはさほど殺気立っていない。

それどころか額に浮かびあがる『皇』の一字、これがじんわりとうすくなっていた。皇女志緒理に仕える神格という証である文字が！

「撃て！」

本能的に危険を察して、征継は命じた。

三神格の近くで待機していた兼定の軍団が銃槍を構え、斉射をはじめる。

初音ひきいる九郎判官たちもそれに銃撃を合わせた。東海道勢の張る弾幕が襲いかかるのは、もちろん所属不明のレギオン。

銃槍の熱線がとどくよりも先に、標的は《戦場の歌》をやめた。

ぬ――らぁ――っ。

あの蛞蝓じみた飛行で急上昇し、一気に加速する。

だいぶ陽は落ちていて、もう宵の口だった。燃える瞳のレギオンは全身にまとう黒い外套のおかげか、隠匿の念導力でも使っているのか、ほのくらい夕闇のなかに完璧すぎるほどまぎれこんでしまった。

おかげで、兼定と九郎判官の銃撃も大きく的を外している。

「…………」

征継はあらためて戦場を見わたした。リチャード軍は撤退を完了させつつある。朱雀門方面からもすでに敵軍は退き、伊豆方面へ帰還中だという。

ここを離れても問題ない。そう判断した。

「一〇騎ほど、俺についてこい」

騎竜の腹を蹴り、飛行開始を指示する。

昼間であっても空に散る星々が見えるほど、征継の視力は鋭い。夕闇にまぎれた謎のレギオン、まだかろうじて〝見えて〟いた。

翼竜を駆って逃げる標的を追い、その征継を一〇騎の兼定が追いかける。

そうして飛ぶこと十数分。箱根から熱海方面に南下して、湯河原温泉の上空あたりにさしかかったとき。

遁走する謎のレギオンめがけて、光の矢が飛んできた。

「黒王子どのか」

標的の胴がみごと射貫かれるのを見て、征継はつぶやいた。

見れば、一キロほど向こうでナイト・オブ・ガーター一〇騎、英国の白き翼竜とその騎士が空中静止し、待ちかまえていた。

あちらも〝四神の正気を奪いかけたレギオン〟が気になったのだろう。

そして、日英の復活者が見守る前で、当の標的は飛行速度と高度を落とし、よたよたしながら墜落をはじめた。

黒王子得意の《クレシーの射手》、あいかわらずの威力だった。

あとは地上に墜ちたレギオンの骸を検分して、どこの所属かなどを調べればいい。エドワード王子と奪い合いになるかもしれないが。

しかし、それは杞憂だった。

黒騎士の矢を受けた謎のレギオンは――やにわに燃えあがったのである。

蒼黒い焔が全身を包みこむ。それどころかその体が爆発し、五体ばらばらになって飛散したあげく、跡形もなく燃え尽きてしまう……。

「自爆だと？」

黒王子の矢はあんなダメージをあたえない。征継は眉をひそめた。

だが、レギオンの頭部らしき部位だけが東の空へ飛んでいった。月が昇りはじめたばかりの宵闇の空へ、流星さながらのスピードで。

「調べられたら困る……そういうことなのか？」

つぶやく征継の前に、小型随獣が転移してきた。

英国軍の少女妖精だった。橘征継宛ての伝令文をたずさえていた。『貴君と話をしたき用件あり』。差出人は予想どおりの名前だった。

征継は肩をすくめて、回答の文面を考えはじめた——。

第六章

CHRONICLE LEGION 4

英名、集う

1

「ふぅぅぅぅ……」

肩までお湯につかり、初音(はつね)はようやく全身の力を抜いた。

身も心も疲れ切っていた。だが、ずっと緊張つづきだったせいで、なかなか気持ちを切りかえることもできず、休憩も取っていなかったのだ。

ようやくの休息を満喫すべく、『ぐぐぐっ』と手足をのばす。

「ひ、一仕事終えたあとの温泉は格別だわ……」

「うむ。くちばしの黄色いひよっこにしては、まあまあの槍働(やりばたら)きじゃった。褒美(ほうび)に一杯だけ飲ませてやろうか。ほれ」

「えっ？　いいの先生!?」

「もちろん駄目です。未成年に飲酒をすすめないでください」

女子一同でなかよく温泉、それも露天風呂につかっているところだった。

源泉かけながしのにごり湯である。関節痛、冷え性(しょう)などにも効くという白濁(はくだく)した湯につかるのは初音のほか、竜胆(りんどう)先生、皇女志緒理(こうじょしおり)、そして――

「酒はともかくとしても、褒称(ほうしょう)に値(あたい)する功績なのはたしかだな」

武人らしい物言いで、秋ヶ瀬立夏(あきがせりっか)がうなずいている。

「征継どのの留守をあずかるだけでなく、獅子心王とも堂々渡り合い、皇女殿下が箱根の四神をめざめさせるまで、しっかり時間を稼いでみせた。《銘》を継承してから半年も経ってないというのに、たいしたものだ」

「そ、そんなふうに言われると照れるじゃないですか。えへへへ」

ついにやけてしまう初音だった。昔から誉め言葉に弱いのだ。

ちなみに、この露天風呂は箱根仙石原にある高級旅館の貸し切りだ。女子四人で入ってもまだ余裕がある広さだった。

岩風呂を真似て湯船を岩で囲い、野趣を演出している。

「みなさま。何はともあれ、今日はお疲れさまでございました」

「殿下。それを言うのはこちらの方です。殿下には畏れ多くも四神覚醒を取りしきっていただきましたし、総督である私がいちばん何もしていない」

ねぎらいの言葉を口にする志緒理へ、立夏が言った。

「埋め合わせというわけではありませんが、こちらでせめて本日の疲れを洗いながしていただければと思います」

白虎門での戦闘が終わり、維新同盟が退いたのは四時間前である。

すでに夜。臨済高校は後夜祭の真っ最中だろう。が、志緒理と竜胆先生は四神関係の雑務があるため、わざわざ駿河から駆けつけてくれた。まあ、立夏まで同行した理由が初音には今ひとつわからないが……。

ちなみにこの露天風呂、顔を上げれば金時山の自然を眺めることができる。

まあ、夜は景色もあまり楽しめないが、その代わりに――

「もうすこし時期が早ければ紅葉を肴に酒盛りできたじゃろうがな。代わりに、冬の星見酒もよいものだ」

ちびちび日本酒の杯をかたむけ、ごきげんの竜胆先生がつぶやく。

女四人でそろって何も持たず、生まれたままの姿で湯のなかにいるわけだが。先生だけは目の前に洗面器代わりの小さな桶を浮かべていた。

そこに徳利と酒杯を置き、星見酒と洒落こんでいるのである。

今夜は雲もすくなく、見あげれば、降るような星空がつかみ取れそうだった。冬の寒気と夜の清浄な空気も火照った体にはむしろ心地よい。

また裸の女子四人、湯で濡らさないようにみんな髪をアップにまとめている。

この全てが非日常というくつろぎのなかで――

「でも姫様。ちょっと気になったんですけど」

初音はふと疑問を口にした。

「実は姫様が箱根にいなくても、ご祈禱で四神を覚醒できること――黙っていたの、怒られたりしませんか？　衛青さんは見抜いていたのかもしれませんけど、関東将家とか東京の人たちなんかは……」

箱根防衛の作戦行動にかかわる情報である。秘密のままでいいわけがない。

　しかし、そのことを極秘にすべしと指示した志緒理はくすりと微笑んだ。それは皇女の美貌を驚くほど蠱惑的に見せる表情だった。

「ちがいますよ、初音。秘密になどしていません」

　しれっとした顔で志緒理が言う。

「わたくし、そんなことができるなんて存じあげませんでした」

「うむ。姫は駿河の地で箱根の危機を知り、いたく心配されたのじゃ」

「わたくしはすぐに久能山を詣で、箱根のみなさまの無事をお祈り申し上げたのです。その祈りは天にとどき、四神覚醒の奇跡が起きた次第です」

「殿下のなさりよう、まさに美談。私も東海道総督として感動いたしました」

「そんな……立夏さま、わたくしは当然のことをしたまでです。でも、明日からのニュースできちんと紹介されるよう、手配しないといけませんね……」

「ご安心ください。関東方面のマスコミへの根まわし、すでにはじめております」

「わーっ。姫様も先生も立夏さまも、みんな真っ黒ですねー！」

　非難ではなく、むしろ賛辞として初音は言った。

　お花畑で蝶々を追いかけるような姫君なども、純真無垢かつ頭の中身がふわふわな感じでなかなか可愛らしいと思う。だが、いっしょに大事を為すつもりなら、ここにいる姫君たちの方が遥かに頼もしく、好ましい。

「あ、そうだ。例のミスコン」

　結局、学園祭を欠席してしまった生徒として初音は訊いた。

「今夜の後夜祭で結果が発表されるんですよね？　姫様と立夏さま、どのくらいの順位になるんでしょうね？　ライバルになりそうな子、いました？」

「「………」」

　何の気もなしに質問しただけなのだが。

　なぜか皇女殿下と秋ヶ瀬家の令嬢はそろって硬直し、たがいの顔を横目でちらっと盗み見し、微妙な葛藤を押し殺すように一拍置いてから、口々に言う。

「ふふふふ。わたくしの順位なんて、どうでもいいことです」

「ああいうお遊びでの結果など、気にするのもむしろ大人げない」

「でも、きっと立夏さまが優勝されるのではないでしょうか。とても魅力的でしたもの。壇上での御姿も、お振る舞いも」

「とんでもない！　私ごとき、殿下の引き立て役に過ぎなかったと存じます」

「まあ、お上手ですね！」

「いやいや。殿下の方こそ！」

　そろって朗らかに笑いながらのやりとり。

　譲り合っているはずなのに、なぜか競い合っているようにも見える。

　麗しい姫君ふたりの不思議な応酬であった。そんな少女たちと同じ湯につかり、裸のつきあいをしている状況で――初音はハッとした。

（もしかしたら、初音がいちばんなのかも!?）

美貌が、というわけではない。それはさすがにあつかましい。

が、大きさ・胸囲・グラマラス・ＢＷＨ総合の脅威度・セクシーダイナマイツなアピール力などなどのポイントで。

橘初音こそがこの場で最大を誇っているような……と、気づいてしまった。

竜胆先生は擬音で書くところの『つるりぺたり』なので論外、か？

あの幼児体型、反社会的かつ尖った嗜好を持つ数寄者にはきっとたまらないのだろうが、おそらくせまい世界での話だ。

逆に、皇女殿下は初音に迫る肉感をお持ちである。

のびやかであり、わがままにご発育あそばした肢体はプラチナブロンドの幻想的な美貌とあいまって、人よりも女神に喩えたくなる。

だが、ひとまわりほど初音のボリュームが勝っているのも事実だった。

その分、まあ、入浴時に湯船からこぼれる水の量が『初音＞姫様』なのは明白で、〝悩ましいくびれ〟項目の女子力では負けていそうなのも否定できなかったが——。

（たしかアルキメデスさんもお風呂に入っているとき、なんとかの物理法則を発見して『見つけた！』って叫んだのよね……）

割とどうでもいい風呂つながりの思いつきはさておき。

いよいよ三人目、秋ヶ瀬立夏。彼女のスタイルはひどく格好がいい。

スレンダーでありながら、出るところはしっかり出ているというメリハリのよさが卑怯すぎるほど抜群で、そこがなんともうらやましい。

男子だけでなく、同じ女子の目線で見ても魅力的に映る逸材だ。

また〝侍の末裔でもある皇国軍人〟の雰囲気を裸でもオーラよろしくまとっているので、そこもたまらないアクセントになるだろう。

しかし、その立夏とくらべても。

橘初音の『水着グラビアとか、もしかしたらいけるんじゃ!?』指数はだいぶ上をいっているような……。細い女性はむしろファッションモデル向きである。男性がよろこぶ写真はやはりグラビア分類であるはずなので――。

(じゃあ、もしかして)

初音はこの場にいない人物のことを考えてしまった。

リチャード王との戦闘が終了してから、まだ顔を合わせていない。今回の結果を聞いて、なんと言ってくれるか。いろいろ期待しているのに。

(お兄さまはあれで結構な女好きだから、もしかして、もしかすると、やっぱり初音のことがいちばんとかなんとか……)

温泉であたたまった頭が、ぬるめの妄想をふくらませかけたとき。

「ところで……ま、征継どのは今どちらにおられるのだろう?」

総督の仕事でいそがしいのに、なぜか箱根まで来た立夏が言う。

「戦闘直後から連絡が取れないんだが……」

「実は──衛青将軍も同じなのです」

困り顔になって、志緒理も報告する。

「一応、青龍門に駐留するローマ軍へ、箱根近郊で所用を済ますと連絡はあったそうなのですが。居場所は伝えられなかったとかで……」

「まあ、お兄さまたちが」

初音はつぶやいた。

衛青将軍はともかく、いなくなる直前の橘征継の行動は知っている。

白虎門に現れ、四神として覚醒した青龍・白虎・玄武の前で不気味な嘯声を発した──あの謎めいたレギオンを追うべく、翼竜で飛んでいったのだ。

あれの正体について、竜胆先生はあっさりとこうコメントした。

『手がかりがこの程度では、見当もつけられぬわ！』

志緒理も心当たりはないらしい。

ともあれ、今は消息不明の橘征継である。妙な事態になっていないといいのだが──。

2

かこーん。

庭園のどこからか、ししおどしの音が聞こえる。

古式ゆかしい木造建築の日本旅館なので、そういう小道具もあるのだろう。

源泉一〇〇％かけながしの湯をばしゃりと顔にかけ、獅子の銘を持つ騎士王はなんとも幸福そうにつぶやく。

「むふぅぅぅぅぅっ」

征継の目の前で、リチャード獅子心王がうなった。

「その昔、古代ローマの兵はいくさの傷と疲れを温泉地にて癒やしたと聞く。かつては柔弱な習慣よと鼻で笑ったものだが」

リチャード一世、意外にも故事に通暁した知識人であるらしい。

そのたしなみとしてギリシア・ローマの風俗も知る男は、感に堪えぬという口ぶりで重々しく言った。

「我が身で試してみると、なかなか悪くないと思えるから不思議よな……」

晴れた夜空には冬の星座がまたたき、月も明るい。

箱根と熱海の境ともいうべき土地、湯河原温泉であった。

そこの山奥にぽつねんとたたずむ秘湯の宿。ほかに客もいないため貸し切り状態の露天風呂である。泉質は無色透明の弱アルカリ性。神経痛や切り傷、疲労回復など、万病に効くとのふれこみだ。

その湯に肩までつかり、リチャードはさらに言う。

「全ての道はローマに通ず。たしかにそうなのかもしれん」

「なかなか含蓄のある言葉だな、獅子王」

征継は感じ入って、相づちを打った。

もちろん、こちらもばっちり湯につかっている。おたがい身に寸鉄も帯びず、それぞれの戦場往来で鍛え抜いた裸をさらし合う形だ。

また、露天風呂にいるのはふたりだけではなかった。

「たしかにいい湯殿です。日本という国ならではの風情がある。……でも、ここにわたしがいるのは場ちがいな気もいたします」

「ははは。そんなことはないさ、衛青どの」

中国漢王朝の名将に、黒王子エドワードが笑いかけた。

尚、言うまでもないかもしれないが、こちらの両名も全裸である。

「今日のいくさの最後に出てきた――あの不気味なやつについて、各陣営で情報交換もできると思ったのでね」

「しかし、あのレギオンのことは誰も知らなかった」

衛青が淡々とつぶやく。

皇国日本・東方ローマ・大英帝国とも〝燃える目のレギオン〟について『何も知らない』と申告している。実のところ、情報交換はそれで終了だったのだが。

「残念ながらね。しかし、いいじゃないか」

　エドワードは悪びれずに言う。

「僕らは妙なる奇縁の糸に導かれて皇国日本に集い、矛を交える間柄となった。だが、たまには武器を置き、胸襟を開いて語り合うのも悪くないはずだ。今宵の集まりをそのために使えば、十分に有意義な時間となるだろう」

「それでわざわざ、征継どのにわたしを呼び出させたのですか？」

　さわやかな語りを受けて、衛青が苦笑する。

　対して英国の貴公子は優美に微笑し、いたずらっぽく告げる。

「呼ばないという選択肢もあっただろう。だが、君の手配と思われるローマの随獣……アクイラだったかな。あの大鷲がずっと橘どののあとを追ってきていた。このささやかな懇親会のこともどうせ知られるならと、招待を思いついたのさ」

　美形という点では木訥な衛青と同じだが、黒王子の方が遥かに貴族的だ。

　その印象どおりにエドワードはウインクし、さらりと言う。

「僕らにやましいところは何もないのでね」

「ああ。やはり気づかれていましたか」

　いつもどおり温柔な雰囲気のまま、衛青は告白した。

「征継どのの管狐が来たときから、そうだろうと思っておりました」

「なに。むしろ衛将軍らしい、ゆきとどいた配慮で助かった。駿河からの帰り道にあれを見かけたおかげで」

征継は言った。ローマの随獣を発見したのは精霊モリガンの念導術だけではない。橘征継の並外れた視力も同じだった。

「箱根はどうにかなりそうだと、期待を持てたからな」

「とんでもない。征継どの不在のまま守り切る自信がないから、物見を飛ばしたのです。いつお帰りになられるかと待ちのぞむ気持ちで」

「ふふふふ。衛青どのも橘征継の帰還を見越していたか」

エドワードが微笑んでいる。

「なら、僕と同じだ。だからこそ僕は伯父上に先鋒をまかせ、戦況がどう動くかをずっとうかがっていた。成りゆき次第ではそのまま箱根を奪いかえすつもりで」

「……まあ、白虎門を守っていた騎士侯めはよくやった」

リチャードは不承不承という感じで、橘初音の功績を誉めた。

「四神の使いどころもなかなかだったと言える。今日のところは戦場の先達たる余の方が先に帰陣してやろうかと思えるくらいには」

迂遠な言い回しで悔しさを語るあたりが獅子心王である。

ちなみに、英国王ながらフランス生まれのフランス育ちというリチャード一世、『温泉につかりながら一杯』の日本式を自分流で愉しむつもりか、葡萄酒——赤ワインのグラスを手にしての入浴だった。

戦場では獣めいた闘争心をむき出しにする野性の豪傑。

だが、赤いグラスを気の向くままに口へ運ぶ手つきと仕草、実に優雅だ。

このあたりも〝欧州最高の金持ち大貴族に道楽者として生まれた男〟の複雑さだと言えるだろうか。

逆に、奴隷同然の身から位人臣を極めるまでに栄達した美青年が言う。

「それはともかくとして、この集まり……どうして湯殿なのでしょう。宿の者に頼んで一席設けてもらうのでもよいような——」

「いいや！　それはちがうぞ、衛将軍よ！」

強く反駁したのは、獅子心王であった。

「今は決して、休戦中ではないのだ。ここに集ったのは陣営をたがえる男たち。しかも皆が武人である。そのような者同士がしばし戦いを忘れ、つかのまの交わりを持つのであれば、逆にここしかない！」

ばんっ。リチャードは左手で、自身のぶあつい胸板をたたいた。

「全員が衣を脱ぎ捨て、一切の武器を持たぬと明らかにできる——裸の己をさらけ出す浴場こそが、戦士の休息にふさわしい。そうではないか!?」

「なるほど、道理だ」

征継はしみじみとうなずいた。

「今宵の獅子王が語る見識には、いずれも一聴の価値があるな」

「ふふふふ。わかるか、橘よ。ならば貴公もなかなかの風流人よな……」

男四人のなかで最も屈強な戦士はリチャード一世である。

身長一九〇センチ近い。体重は九〇キロ台か。隆々（りゅうりゅう）と盛りあがる筋肉はウェイトトレーニングで現代式に鍛えたものではもちろんない。だが、全て騎士の武術修行と戦場往来で鍛え抜いた肉体は、いかなる現代競技の重量級選手もかなわないほどに剛強であり、柔軟かつ強健にして俊敏だった。

それはまさしく猛獣、しかも獅子の肉体だった。

パワーとスピードの絶妙なる均衡という点で、ひとつの極致であるはずだ。

獅子心王の次に屈強なのは、エドワード黒王子である。

煌（きら）びやかな優男（やさおとこ）というイメージにもかかわらず、彼は一八〇センチ台の長身であり、それに十分見合う体格も有していた。

リチャードと同じく剣術・槍術（そうじゅつ）・馬術に熟達した、中世の騎士なのだ。

鋼（はがね）の肉体を持つのも当然だった。しかし、着やせする体質と優美な立ち居振る舞いがあいまって、優男の印象が強いのかもしれない。

とはいえ、獅子心王と並び立てば、黒王子の方が細身なのも事実だ。

時代を超えて共闘するプランタジネット王家の騎士ふたり、その対比の妙ゆえに似合いの一対（いっつい）でもあるのだ。

そして、衛青将軍と橘征継。

英国王家のふたりより、モンゴロイド両名の方がはっきり小さく、細い。

　実は征継と古代中国の名将、似たような体格である。身長も一七〇センチ台の後半で、すらりと細身。決して筋骨隆々たる肉の厚みはない。

　だが、ひ弱とはちがう。十分以上に逞しい筋力が全身に秘められている。

　細く見えるのは、とにかく無駄な肉がないからなのだ。

　酷烈な寒さに耐え、風に耐え、飢えに耐えて。厳しい戦場に幾度も幾度も足を運び、その繰りかえしで自然と体は鍛えられた。

　ふだんから奢侈を避け、贅を愉しまず、過食の習慣がないことも大きい。

　これもまた、いくさ場で極限まで研ぎ澄まされた肉体なのである。

　こんな男四人が一堂に会している。ドレスコードは裸と武装解除。全ての服を脱衣所に放り捨て、身も心もさらけ出しての温泉ミーティングであった。

　ちなみに、これは余談だが。

　四人とも前世で修羅のごとく戦歴を積みかさねてきただけあって、裸になると、さすがに古傷が目立つ。それぞれ矢傷・切り傷の痕が五つや六つではない。実は征継など、学校の更衣室でも堂々と着がえをするので、傷を見た級友男子がよくびっくりする。

　そして、いちばん目立つ古傷の主は——衛青将軍だった。

　ひっかき傷にも似た細長い傷痕が背中に二、三〇筋ほど残っている。

　おそらく繰りかえし鞭で打たれていたのだ。皮膚と肉が裂け、血の噴き出した痕は赤黒くふくれあがり、やがて歳月と共にこんな形で落ち着いた……。そういう傷だった。

「それはそうと、衛将軍」

不意にリチャードが言った。

湯のなかで『ぬっ！』と巨体を前進させ、衛青のそばに行く。

「今日のいくさ、余ではなくエドワードめを警戒し、あえて動かぬとは――なかなか不敵な采配よな。まあ、たまたま上手くいきはしたが」

赤ワインを手酌で飲みつづけていたリチャード一世。

吐き出す息は酒くさく、酒精のせいで目はとろんとしている。

しかも、酔っぱらいの一典型〝からみ酒〟そのまま、獅子心王は東方の大将軍に話を振ろうとしていた。

「今日は神の恩寵が貴公にあったのだろう。しかし、あれは失策だった」

「……失策ですか。なぜでしょう？」

「考えてもみよ。白虎門を狙っていたのは――誰あろう獅子心王なのだ。そこの橘の入れ知恵と加勢があったにせよ、若輩者の騎士が対抗できるわけなどない。にもかかわらず、貴公はその大役を未来ある若者にまかせてしまった……」

「おっしゃるとおり、名高いリチャード一世に不遜すぎたかもしれません」

衛青は柳に風とばかりに微苦笑した。

「ですが、今日の情勢であれば期待できると――信じたくなったのです」

「そこにこそ失策の根があると言わざるを得ん。たしかに今日はたまたま、運と神のご加護があって、ぎりぎりで成功した！　だが、貴公はエドワードの脅威に目をつぶってでも、余という大敵と対決する運命を受け入れるべきだった！」

　冷静そのものの衛青へ、ここぞとばかりにリチャードは獅子吼する。

「おかげで、余の愉しみが減ってしまった！」

「ははは……」

「こうして話しこむ機会ができた以上、今日のいくさで貴公が見せたしくじりを逐一追及するべきであろうな。心して聞くがよい。ついでに余の杯も受けるといい」

「酒でしたら、わたしは結構――」

「そこだ！　そこでなぜ受けて立たない!?」

　酔っぱらいが騒いでいる間に、エドワード王子が征継のそばに来た。

　……来る気がしていた。衛青将軍の災難がはじまる直前、英国王室の騎士ふたりがかすかな目配せを交わしたように――実は感じていたのである。

　ちょうど檜の湯船の端に征継はいた。

　征継とエドワードは肩をならべて、湯船に背をあずけた。

「今日の結果が君たち東海道の利益につながるのなら、おめでとうと言っておこう」

「利益とは？」

「関東将家に箱根を守護する器量はなく、プリンセス志緒理はあらためて四神の主であることを天下に見せつけた」

「………」

「僕がローマ軍の指揮官なら、どれだけ雑音があってもこう考えるよ。やはり箱根の関は東海道にまかせざるを得ないか――なんてね」

おたがいに相手の顔も見ないで話をしている。

しかも、エドワードの声はささやくようでずいぶんと低い。すぐそばで酔っぱらい（？）が騒ぎ、そのうえ鬱陶しくからまれている衛青の耳にはとてもとどくまい。その低さで黒王子は続ける。

「駿河からでも四神を覚醒できるのなら、逆を言えば、外から四神を眠らせることも可能なはずだ。それがこうも劇的に明かされた以上、東海道とプリンセス以外に箱根をまかせるのは危険すぎると――関東将家も認めざるを得ないだろうな」

「そういう考え方もあるか。だが、たしかにそうかもしれん」

征継はしらじらしく、今気づいたふりをした。

「姫がその気になれば、箱根を陥とすこともおそろしくたやすくなる」

「だろう？　それはそうと、今回はずいぶん露骨に誘ってくれたね」

「どういう意味だ？」

「ははは。気のせいだったら申し訳ない。だが、橘征継とプリンセスの箱根退陣がずいぶん早く僕らの耳にも入ってきたし、実際に駿河入りしたこともたやすく確認できた。……僕はひとつ疑っているんだ」

エドワードは気軽な雑談でもするように言う。

「駿河に鹵獲されているモリガンくんの二号機。《モルガン・ル・フェイ》の力をもってすれば、伊豆半島からでも遠隔操作できる事実に……君たちは気づいていたんじゃないかと。そのうえで破壊せずにいたのでは、とね」

「そんな能力は初耳だぞ。機密を明かしていいのか？」

「おや。君が知らなかったのなら、とんだ大失敗だ」

「すこし軽率だったな。埋め合わせに俺も仮定の話をしてやろう」

露天風呂の近くにいる者はひとりしかいない。

騎士侯の感知力でわかっている。入り口の外に立つ少女——人形に憑依し、海兵服を着た念導精霊モリガンだけだ。

妙な念導術や機械類が使用されていても、あの精霊が看破してくれる。

だから、こんな話もできる。

「俺たち東海道があえてモリガンとやらを自由にさせていたのなら——こういう考えなのだろうな。『この程度の小細工にだまされるような相手なら、のこのこ攻めてきたところを返り討ちにして、将来の禍根を断てばいい』と。だが、逆に」

すぐ隣にいる貴公子の横顔をちらりと見る。

エドワードはにやっと意味ありげに微笑んでいた。

「俺たちの『今、維新同盟に箱根を攻めてもらえると都合がいい』という魂胆をわかったうえで乗ってくるような相手なら。今日は敵同士でも……」

「明日以降はまたちがう関係もありうる、かな？」

「さて？　向こうの思惑がこちらの都合と噛み合わないことにはなんとも言えまい」

ぼそりと言ってから、征継は付け足した。

「ただ、俺たちの姫君は談合という言葉が決して嫌いではないそうだ」

「それはなかなか頼もしい。ああ、そうだ。例の二号機、よかったら今までどおり保管しておいてくれ。今日とはすこしちがう使い方も……できるかもしれない」

「なるほど」

衛青将軍のそばで、リチャード一世があれこれとまだ騒いでいる。

その裏でこっそりと終わる、ひそひそ話であった。

3

東京青山に建つ皇城は、白亜の欧風建築として有名であった。

だが、城内の一角に純和風の木造家屋もあるという事実を一般国民はあまり知らない。秘密ではないのだが、おおっぴらに公表もしてないからだ。

一二月二日。箱根白虎門で戦闘が起きた日。

夜の散策に出たユリウス・カエサルは、まさにその一角を訪ねていた。

日本人の感覚でいえば、神社に似た建物がいくつもならんでいる。ただし、賽銭箱や鈴などはない。ここの建物をそれぞれ神殿・賢所・皇霊殿・神嘉殿などといい、新嘗祭――宮中の神事の際には祭場として使われる。

その神域をうろうろしていたとき、カエサルは急に足を止めた。

「やあ。言ってくれれば、私の方から出向いたのだが」

声をかけた相手、夜闇の奥よりやってきた少女である。

和装、それも平安の世を彷彿とさせる衣装だった。白い小袖の上に桜色の小袿とやらをまとっている。こんな格好を普段着とする一三歳、彼女だけだろう。

皇国日本の現女皇・照姫――。

「いくら皇城のなかとはいえ、女皇陛下が出歩くには遅すぎる時間だ」

「ご安心……ください。ひとりではございません」

「まあ、それはわかっているがね。君の護衛役とおぼしき彼はずいぶんと――そう、風格のある御仁だ。いやでも目についてしまう」

カエサルはにやりと笑った。

己と日本国の保護者と相対しても愛想笑いどころか、微笑すら見せない。

そこはいつもどおりの照姫である。ちがうのは彼女の連れだった。いつも数名の高等女官にかこまれて、つまらなそうにしている少女なのだ。

だが今、現女皇の背後には軍人とおぼしき男がひかえている。

軍服に軍刀、軍用のマントといういでたち。しかし、身にまとうのは皇国日本軍将校の黒い軍服ではなかった。

カーキ色の——大日本帝國軍のそれであった。

そして、左右の眼窩からは青い光が爛々と放たれる。

光が強すぎて、両目の眼球がすっかり隠れていた。力強い顔つきをしていそうなのだが、おかげで人相もはっきりしない。

尚、軍帽をかぶっているため、髪型もはっきりわからなかった。

そういう不気味な男へ、カエサルはまず笑いかけた。

「ふむ。あまり血色がよくないな。墓から出てきた直後のようだぞ?」

「…………」

カエサルのおふざけにも、帝國軍服の男は乗ってこない。

明朗なる覇者の声を聞き流すだけで、無言かつ不動。表情筋ひとつ動かさない。

尚、大日本帝國とはかつての日本の国号である。一九二〇年代、関東大震災の直後に誕生し、第二次世界大戦での敗北を受けて消滅した。

現在の日本皇家を北朝と呼び、帝國時代の皇家を南朝と呼ぶ。

「それで女皇陛下。今夜はもう遅い。ここに来たのが偶然なら、おやすみのあいさつをして寝室へ帰らせるところだが……そうでないなら、お話をうけたまわろう」

「閣下に——うかがいたいことがあり、罷り越しました」

「何かな？　遠慮なく言ってくれ」

「箱根の件でございます」

照姫はじっとカエサルを見つめている。

日本人形にも似た黒髪と黒目。だが、そのまなざしには隠し切れない情念の焔が見え隠れする。それはいたらぬ周囲への苛立ちであり、決して才気煥発というわけではない自分自身への怒りであるようにも思える。

「やはり、閣下はあの地を志緒――いえ、東海道にあたえるおつもりで……」

「そうせざるを得ないだろうな。四神を御せるのが志緒理しかいない以上、そのようにするしか箱根を守る算段が立たない。幸いと言ってはなんだが、今日の戦闘で関東将家の力量不足も天下にさらされた」

照姫の瞳のなかで強い感情が『めらっ』と揺れている。

気づいていないふりをしつつ、カエサルは平然と語りつづける。

「秋ヶ瀬家の新総督どのにその旨を内々に打診する書状、ついさっき送らせたところだ。ふふふ、東海道家中における志緒理の声望、さらに高まることだろう」

にやっ。わざとらしく笑う。

逆に、照姫は表面も取りつくろえず、くすりともしない。

「彼女をよく知る者として、われわれも鼻が高いというものだ！　それで君。我が庇護を受けし愛し子よ。君の――新しい御友人は」

カエサルはふたたび、女皇の背後にひかえる男を見た。

いまだ微動だにしない。人間らしい面など一切ないようにも見受けられる。この者、はたして鬼か邪か、神か悪魔か。何はともあれカエサルは問う。

「箱根で短いバカンスを楽しんできたようだが、どうだったかね？」

「四神を……奪うことはかないませんでした。が、それはまだ目覚めた直後だからでございましょう。この御方の真価はこれから——明らかになるのです！」

腹芸もなく、険しい表情で憤怒をあらわにして。

照姫女皇はユリウス・カエサルの前で高らかに宣言した。

「わたくしも、わたくしの将も、志緒理さまに見劣りするところなどございませぬ」

「よろしい。その言葉、忘れないようにしよう。それでは我が愛しの照姫よ。ひとつ教えてほしいのだが」

ついに核心へ踏みこむべく、淡い微笑と共にローマの覇者は言った。

「可能であれば、彼のご尊名をうけたまわりたい」

「将門公——。われら日本の民が《平将門》の名で知る御方にございます」

4

湯河原温泉で復活者同士の語らいを終えたあと。

深夜というべき時間帯に、征継は箱根まで帰ってきた。

寒々とした一二月の夜空を翼竜に飛行させた代償として、温泉であたためた体はすっかり冷え切っている。衛青将軍とは帰り道の途中で別れたため、ひとりきりだ。

寝る前にすこし白虎門を見ておくか――。

思いつきにまかせて、もともと拠点にしていた南の朱雀門を素通りして、芦ノ湖西岸の第三鎮守府・白虎門めざして翼竜を急がせる。

気になる人影を見つけたのは、その途中だった。

「ん？」

目がいいだけでなく、征継は夜目も利く。今夜は月も星も明るい。だから難なく、芦ノ湖のほとりを歩く人物に気づくことができた。

女性用の着物に袴のはいからさんスタイル。もちろん初音だった。

こんな夜道をひとり歩き。一体どうしたのか？　征継はいぶかしみながら翼竜に高度を下げさせた。妹分の少女に近づいていく。

「お、お兄さま!?」

いきなり着陸してきた竜とその乗り手を見て、初音が驚いた。

「こんな遅くに何をやっている？」

「それはこっちのセリフだわ！　お兄さまがいないって、みんな心配――まではしてないけど、気にしてたんだから！」

「俺か」

逆にたしなめられて、征継は気づいた。

「そういえば、衛将軍以外に連絡を入れてなかったな」

「もうっ。初音なんて、こうして夜まわり先生の真似(まね)をして、お兄さまがその辺で酔いつぶれてやしないかって見にきたんだから」

「俺は竜胆(りんどう)先生とはちがう。酔った勢いで他人の家や店に泊まったりはしない」

皇女(こうじょ)殿下の師匠(ししょう)、実はその手の問題行動をたびたび起こしていた。

が、それよりも――。征継はじっと妹分の顔を見た。

「おまえは俺を探していたのか？」

「そ、そうよ。せっかく大手柄(おおてがら)を立てたのに、お兄さまったら初音のところに全然顔を出さないのだもの」

不満そうに初音は頰(ほお)をふくらませた。

子供っぽいという自覚があるのか、一瞬でやめたが。

「寝る前に見つけて、お話ししとこうと思って」

「今日のいくさのことをか？」

「ええ。お兄さまが『おまえのことを見直した』と言ったら、初音は『どんなものですか、えへん』って大いばりするの」

「ふむ」

翼竜の鞍上から降りて、征継はひさしぶりに地面を踏みしめた。

目の前では妹分の少女がすばらしく発育したバストを自慢そうに張っている。今日の戦いですこし自信を付けたようにも見える。

「戦闘の記録は見た。十分よくやったと思うが、気になるのは——獅子王本人に王手をかけたあたりだ」

「リチャードさんを討ち取れば、あの軍団全部が役立たずになるもの」

初音は誇らしげに己の采配を語る。

大漁自慢、大物自慢をする釣り人にも似た雰囲気だ。

「あれがいちばんリチャードさんにも脅威になるはずだし」

「たしかにな。窮地の側があえて攻勢に出ることで、敵の勢いを抑える。なかなかいい手だった。ただ、おまえも討ち死にするかもしれない一か八かの大バクチだが」

「ま、まあそうね……」

初音はすこし顔を引きつらせていた。

自分が死ぬ可能性は考えていなかった。明らかにそういう雰囲気だ。

まあ、戦場というのは不公平な世界である。臆病に保身するより、戦死の可能性を微塵も考えないお調子者の方がどれだけ危地をくぐり抜けても傷ひとつなく生還する——そういう実例が多々ある。実は初音のような人間、〝戦場の勇者〟のむしろ典型だった。

が、その辺はおくびにも出さず、征継は続けた。

「それと全体的に思い切りよく戦っていたとは思うが、リチャードが騎力一〇〇〇の全てを投入しなかったことも忘れるべきじゃない」

「えっ？」

「実戦に参加した兵は七〇〇騎だったからな」

「…………」

「四神が出てくる可能性まで考えたかはわからんが、若干のきなくささをかぎとっていたんだろう。出てこなかった三〇〇騎は箱根からの退路のどこかに伏せるなり、隠密の術とやらでエドワード王子の軍団にまぎれさせていたのかもしれん」

「そ、そういうことだったの？」

「としか俺には思えない。単細胞に見えて、妙に抜け目のない男だからな。が、まあ、おまえは本当によくやった。陳腐な言いぐさだが兄貴として鼻が高いぞ」

「ううっ。そう言われたらあまり自慢できないじゃないっ！」

「さっきから何度も誉めている」

「初音はほめられてのびるタイプだから、もっと素直にほめなきゃダメなの！」

話しながら、ふたりは芦ノ湖のほとりを歩きはじめた。

ここまでの足となってくれた翼竜には単独で鎮守府へもどるよう指示し、先に帰した。その程度の芸はできる随獣なのだ。

初音を早く休ませるかと白虎門行きは中止して、朱雀門をめざす。

月明かりを頼りに少女ひとりを連れて、湖畔の景勝地を歩く。なかなか風情のある帰り道となった——が。不意に初音が足を止めた。

「お、お兄さま。ちょっといいかしら？」

「なんだ？」

「もしかして立夏さまと……何か約束でもしてた？」

「いいや、べつに。なぜだ？」

「だ、だって、お忙しいはずなのに、立夏さまがわざわざ箱根まで来てるから……。もしかして、お兄さまとなにかお約束でもしていたのかしらって」

ややいい言いにくそうにしながら、初音は確認してきた。

とはいえ、そういうことは何もない。立夏の気まぐれだろう。

「初音。素直に考えれば、おまえの手柄を直に祝うつもりで多忙の合間を縫って箱根まで来てくれた——というだけだと俺は思うんだが」

「や、やっぱりそう？」

「ああ」

「まあ、たしかに女親分みたいなところはある人よね……」

うなずきながらも、初音は納得しきっていない様子だった。

秋ヶ瀬立夏の気っぷのよさを認めるのはやぶさかではないものの、『だけ』ではない可能性を考えているのかもしれない。

そして、それが何かしらのスイッチになったのか。

「ええと……あ、あのね、お兄さま」

おずおずと初音が訴えた。

「今日のこと、本当によくやったと思ってくれるのなら、だけど。その……初音のこと、ぎゅーってしてくれてもいいのよ？」

「牛か。なら、明日だな」

「焼き肉もいいわね、じゃなくて！　ハグとか頭ぽんぽんとか壁ドンみたいなあれ。少女漫画ちっくなイケメンさんだけに許されちゃうやつ！」

「つまり、こういうことか」

征継は妹分の柔らかな体に近づき、その肩にそっとさわって。

そのまま、ちょうど近くにあった太い杉の木に背中を押しつけさせた。ごく近い距離から初音の顔をのぞきこむ形にする。

「えっ？　お兄さま、これって……」

「いやなら、べつのやり方を考えるぞ」

「……そういうわけじゃ」

初音はうやむやなことを言って、そっと目を伏せた。

しかし、瞳に拒絶のニュアンスがなかったのは見て取っていた。征継はゆっくりと唇を寄せて、相手の唇をふさいでしまう。

びくっと初音が全身をこわばらせたが、一瞬だった。

すぐに力を抜き、受け入れてくれた。そして征継の首に両腕をまわし、ぎゅっと抱きしめ合う形でずいぶんと長く——接吻を続けることになった。

その間、何度か唇を離してはすぐにまた押しつけ合うようにして。

一分ちょっとが過ぎた頃だろうか。

ふたりの唇はようやく離れた。代わりにおたがいをじっと見つめ合う。濃密なふたりだけの時間を共有しているという実感がやけに強かった。

「これってやっぱり……」

いつでもまたキスできる距離のまま、初音がささやく。

「こ、婚約とかを前提にした関係のはじまりでいいのかしら……？」

「おまえがそれを望むなら、もちろんだ」

「か……考えとく」

今度はちゅっと初音の方から、軽くキスしてくれた。

こうして、ちょっとした幕間をはさんだあと。ふたりは朱雀門へ帰るために湖畔の夜歩きを再開した。

これまでとちがい、ふたりとも無言だった。

だが、この沈黙は重くない。もしかしたら、言葉を使わずとも分かち合える絆めいた何かがしっかりと生まれつつあるから、だろうか。

……とはいえ、最後まで無言を徹底しないあたりがやはり橘初音だった。

「お兄さまがいなかったの――もしかして、また黒い王子さま関係？」

「そんなところだ」

「あの人たちって東海道に攻めこんできたくせに、ときどき妙にフレンドリーよね。何か下心とか魂胆があるのかしら？」

「まあ、あるんだろうな」

この妹分は異様にお気楽ではあるが、ここぞというポイントではしっかり抜け目なさを見せる。それをあらためて実感しつつ、征継は言った。

「やつらとどうつきあうにせよ、そこを見さだめたいところだ」

今回、エドワード・衛青の両武将が大きな動きを見せなかった理由。

箱根を陥落させた一一月下旬の戦闘から、それほど時間が経っていなかったからかもしれない。あのとき大量のレギオンを失った両者。今日ふたたび損耗することを避けて、軍団の回復を優先した……。

いずれ起こるであろう、より大がかりな攻防にそなえて。

そうこうする間に、ふたりは元箱根港――芦ノ湖の最南端に位置するフェリーの船着き場あたりまでやってきたのだが。

「あれ、軍の人かしら？」

「東海道の騎士侯ではなさそうだが」

奇妙な老人が船着き場の前ですわりこんでいた。

彼のうしろには、なんと神威が直立している。皇国日本の青き標準レギオンである。その巨大な足の甲に、老人は腰かけていた。

わざわざレギオンを召集し、椅子代わりにする。

バカげた使い途だが、こんな真似ができる以上は騎士侯なのだろう。

だが、老人の痩せた体が身につけるのは黒い僧衣と、同じく黒の袈裟である。藁で編み笠をかぶり、白木の杖まで持っている。

時代劇の世界から抜け出してきたような格好であった。

痩せこけた面構えは眼光鋭く、そのうえふてぶてしく、歩んできた人生の険しさを物語っている。一目で曲者とわかる風体であった。

そして、奇妙な老僧はまっすぐ——征継たちの方を見据えている。

「俺たちに用でもあるのか、御老人？」

「うむ。案内を頼みたい」

一声かけると、明瞭な声で答えを返してきた。

この老僧から充実した気力と、強い波動めいた念の力を征継は感じとった。

「日本の騎士侯のようだが……どこの家中の者だ？　行き先は朱雀門か？」

「一二将家という意味であれば、いずれにも属しておらぬ。行き先は……ぬしが仕える皇国の姫君のもとよ」

「それは皇女であられる志緒理殿下のことだな」

肩をすくめて、征継は言った。

「畏れ多くも皇女殿下に謁見を願う態度ではないな。俺も他人のことは言えないが」

「ふふん。すこし横柄なくらいは大目に見ろ。聞けば、ぬしらの皇女が――われらに是非会いたいと申していたそうではないか。ならばと遠路はるばるやってきたのだ」

「なに？」

「古来、日本の武家が奉じてきた北斗妙見の御神より秘力をたまわる大呪……その使い手といえば、我と大御所のふたりのことよ」

老僧のつぶやきを聞いて、初音がハッとした。心当たりがあるらしい。

しかし、征継は詳細を知らない。胡乱なやつと思いつつ、単刀直入に訊いた。

「ならば名をうけたまわろう。どうせ俺の同類――墓場から甦った死にぞこないのひとりなのだろう？　姫にとりつぎ、会われるかどうかをたしかめる」

「よかろう」

にたっと老僧は笑った。意外に愛嬌がある。

「実を言えば、皇女殿下とは面識がある。以前、肥えたじじいといっしょに拝謁つかまつった坊主がまた参ったと言うがよい。我が名は明智十兵衛光秀。今世でもなかなかに有名であると自負しておるが、今は天海と名乗っておる」

「ほう」

「あ、明智光秀さん？　本当に!?」

「本日は大御所さまの使いで参った。そちらを口にするのは野暮かもしれんが――まあ、申しておくべきであろうな」

明智光秀。織田信長を討った戦国武将。いきなりの名乗りに初音は愕然とし、征継も瞠目していたのだが。

直後、さらに思いがけないビッグネームを聞くことになった。

「我が主君たるでぶじじいどの、名は徳川家康……世に言う神君・家康公よ」

学園祭と激戦を終えた日の深夜。

思いがけない出会いと、さらなる波乱が征継たちを待ち受けていた。

あとがき

みなさま、おひさしぶりです。

シリーズもいよいよ四巻を迎え、念願のスペシャル・イベントを実現させることがついに可能となりました。

くわしくはカラー口絵をご参照ください。

表面・裏面のどちらも、それはもうすばらしいクオリティでBUNBUN(ブンブン)さんに仕上げていただきました（笑）。

また、白状してしまいますと。

女性サイドより男性サイドの方が本文中、若干(じゃっかん)長めに書かれております。

べつに狙ったわけではなく、さくさく書いていったら勝手にそうなったのです。

まあ、もともと業界のトレンドなど無視して、好き放題にやらせてもらっている当シリーズです。読者のみなさまにもご容赦(ようしゃ)いただければ幸いに存じます。

ちなみに、巻末おまけの用語集。

三巻ではページに余裕がなく、ＷＥＢ特集ページでの掲載でしたが、この四巻では無事に復活させることができました。もうすこし紙幅に余裕があれば、三巻分もまとめて収録したかったのですが……。


さて。

第四巻はミスコン＆温泉がテーマでした。

次巻からは、皇都東京が今まで以上にクローズアップされる展開となります。

そして、今回より登場の日本妖怪ならぬ日本英雄のみなさん。

彼らにもスポットを当てていきたいところです。

特に帝都界隈(かいわい)では知る人ぞ知る超大物の〝彼〟。この有名人については、一巻を書く前から何かの形で使ってみたいと企(たくら)んでおりました。今回のラストで出てきたビッグネームと合わせて、満を持しての参戦となります。

ますます混沌(こんとん)としてきた英雄事情、楽しんでいただければと思います。

よろしければ、五巻にてまたお会いしましょう。

用語辞典

CHRONICLE LEGION 4

一章

●文章家カエサル

カエサルは『ガリア戦記』をあえて簡潔な文体で著し、ガリア属州での戦闘や現地民の習俗を明晰に描写した。これは『～戦記』が彼の功績をローマ人民にアピールするためのプロパガンダであり、事実説明こそが最優先事項だったからである。政敵キケロの荘厳な文体と合わせて、ラテン語散文の双璧とされる。

●新人騎士の銘

皇国日本において最も標準的な銘は《瑞宝》と呼ばれ、銅鏡の形で具現する。新人騎士侯の八割以上がこれを継承し、以後も使用しつづける。橘初音のように強力かつ希少な銘を最初から継承する者は例外的なのだ。

●皇国日本の統治体制

地方を統治する十二将家に、皇国日本はある程度の自由裁量を許している。これは江戸時代の幕藩体制だけでなく、実は衛青将軍が仕えた漢王朝初期の『郡国制』にも似ている。その後、漢は郡県制に移行して、中央集権化を進める。徳川幕府も参勤交代などによる中央からの統制を工夫して、長期にわたって体制を維持するための土台を作った。

二章

●北条氏政（ほうじょううじまさ）

小田原を本拠地とする北条氏の四代目。武田信玄と同盟し、上杉謙信の関東侵攻を何度も阻んで、北条氏の版図を最大にした。が、豊臣秀吉によって征伐された。

●楠木正成（くすのきまさしげ）

後醍醐天皇に仕えた南北朝時代の武将。大楠公ともいう。足利幕府の成立後も変わらず天皇へ忠義を尽くし、知勇兼備の活躍を見せたことで『忠義の士』の代表的存在となる。

●真田信繁（さなだのぶしげ）

豊臣家と命運を共にした知将。講談や小説などで広まった《真田幸村》の呼び名はあまりに有名だが、本人が使用したことはない。正式な名は信繁である。

三章

●女皇としての資質

聖獣たちの配偶者、そして、その血をひく者は基本的に異様なほどの長寿である。聖獣の加護がそうさせるのだ。ただし霊的資質が低く、その加護を受けとめきれない者は成長を待たずして早世するという。皇国日本の現女皇・照姫の資質は良くも悪くも凡庸である。夭死するほど資質に欠けるわけではないが、逸材と言えるほどの資質があるわけでもない……。尚、照姫は天龍公と初代女皇・日美子の曾孫。志緒理は孫に当たる。

●海道一の弓取り

東海道随一の武将といえば徳川家康だが、それより前は今川義元の異名であった。不運にも桶狭間で敗れるまでは、尾張の織田家、甲斐の武田家などとしのぎを削り、駿河・遠江・三河に一大勢力を築いた。数々のフィクションで軟弱な愚か者のように描写されるのは、織田信長を持ちあげるための脚色だといわれる。

●全国の東照宮

徳川家康＝東照大権現を祀る神社は日本全国に存在する。家康の死後、各地の大名家がこぞって建立したためである。それらは全て《東照宮》と呼ばれ、総数は五〇〇以上にもおよんだという。

●アオザイと東方ローマ帝国

東方ローマ帝国の首都ザナドゥは旧ベトナム領に位置する。旧名ホイアン。一六～一七世紀にかけては貿易港として栄えた古都で、西洋人や鎖国前の日本人までも利用した。帝都ザナドゥに留学中、志緒理はアオザイを入手したものと思われる。

用語辞典

CHRONICLE LEGION'S WORDS

四章

●バアトル

かつてのモンゴル帝国において、《バアトル》は勇者に贈られる称号であった。弓の名手に贈られる《メルゲン》、賢者《セチェン》などもある。

●元朝秘史

モンゴル族の成り立ちから帝国成立までの事蹟を伝える歴史書。だが、その内容には『チンギス・カンの祖は蒼き狼であり、その妻は薄紅色の牝鹿であった』など文学的な記述も多く、むしろ叙事詩と呼ぶべきかもしれない。

●霍去病（かくきょへい）

若くして頭角を現した衛青将軍の甥。病気避けの願かけとして『去病』と名づけられたものの、二四歳の若さで病死した。が、死の二年前、紀元前一一九年に叔父との共闘で匈奴を追いつめ、その勢力を決定的なまでに弱めることに成功した。

●夷狄（いてき）を以て夷狄を討つ

正確には『夷を以て夷を制す』。以夷制夷。蛮族同士を戦わせることで、己自身は戦わずに平和を得るという手法。

● 鐙（あぶみ）

馬に騎乗する際、使用する馬具——鐙。

その発祥は定かではないが、三～四世紀頃の中国で登場したという説がある。

鐙の普及前、〝馬具なしでも両足だけで馬をコントロールし、弓などの武器を使用するため両腕を空けられる〟ことが騎兵の条件だった。日常的に乗馬する騎馬民族くらいにしか到達できない境地であり、騎兵という兵種を運用させづらくする要因でもあった。

用語辞典

CHRONICLE LEGION'S WORDS

五章

●騎力の成長

指揮官として経験・武功を重ねるごとに、騎力はすこしずつ成長していく。

●本拠地の外での召集

騎士侯は鎮守の契約を結ぶことで、特定の鎮守府を本拠地とする。その周辺部では騎力どおりのレギオンを召集できる。が、それ以外の土地では騎力の一割しか召集できない。

●本拠地でのレギオン貸与

本拠地周辺での戦闘では、他の騎士侯にレギオンを貸すことができる。が、己のレギオンほど使い勝手はよくないため、その場しのぎ程度の運用しかされないことが多い。

六章

●未成年と飲酒年齢

皇国日本では自動車免許を満一六歳から取得できる。そして、飲酒可能な年齢は満一八歳からとされている。

●プランタジネット家の財産

リチャード獅子心王が若かりし頃、彼の生家プランタジネット家は『フランス国王よりフランス国内の所領が多い』大領主であり、財力でも仏王を凌駕していた。

その富と人脈にまかせて、リチャードの母アリエノール・ダキテーヌは南仏の地に一大サロンを造りあげ、文化の振興に大きく貢献する。文武両道の才人リチャードは、そういった環境と母の薫陶によって教養を育んだ。尚、彼の母親はイングランド王妃でありながら、アキテーヌ公領を所有する女公爵でもあった。夫の権力などなくとも、彼女自身がヨーロッパ有数の大貴族だったのだ。

ダッシュエックス文庫

クロニクル・レギオン4
英雄集結

丈月 城

2015年12月27日　第1刷発行

★定価はカバーに表示してあります

発行者　鈴木晴彦
発行所　株式会社　集英社
〒101−8050　東京都千代田区一ツ橋2−5−10
03(3230)6229(編集)
03(3230)6393(販売／書店専用)　03(3230)6080(読者係)
印刷所　凸版印刷株式会社

ISBN978-4-08-631083-3 C0193